# 坂道のソラ

……べつの恋なんて、本当はいらないのに。賢司さんしかいらないのに。

（本文より抜粋）

DARIA BUNKO

# 坂道のソラ

朝丘 戻

illustration ❋ yoco

イラストレーション❋yoco

CONTENTS

この作品はフィクションです。
実在の人物・団体・事件などに一切関係ありません。

# 坂道のソラ

高校への通学に利用しているバスにはドラマがある。

乗り合わせる学生や会社員の顔ぶれはだいたい固定されていて、その人たちに好感や親近感を持つ出来事が日々起きたりするからだ。

――七時四十分おぼろ坂《ざか》着、岬 駅《みさきえき》行き。

プシューと開いた扉から乗車して運転手に定期券を提示すると、乗客が満たすシートを一瞥《いちべつ》して通路を進み、一番うしろの窓際の席に腰掛けた。

今日は雨で、普段自転車や徒歩の人もバスを利用するから混雑している。車内に雨と体臭の錆《さ》びた鉄っぽい匂《にお》いがこもっているけど、乗客は一様に平静を装っていた。

毎朝俺より先にいるショートカットの女子高校生は、三席先のふたり掛けシートの片隅で化粧に余念がない。彼女を斜めうしろの席から盗み見ているのは茶髪のチャラい男子高校生で、携帯電話をいじりながらちらちらうかがっている。

走りだしたバスがバウンドしたせいで体勢を崩し、「ちっ」と舌《した》打ちしたのは糸目で出っ歯の会社員。髪が減り始めている痩身《そうしん》の中年で、俺は勝手に〝ひょろりん〟と呼んでいる。

それから、中扉とむかい合うように立つ男の人。

俺と同じバス停を利用している彼は大抵私服姿で、今朝も細身のパンツにニット、その上にジャケットを羽織り首にウールスカーフを巻いていた。手櫛《てぐし》で流したままのナチュラルな癖《くせ》がついている栗色の髪と黒縁の眼鏡が似合っていて、自分の魅《み》せ方を熟知しているんだとわかるお洒落《しゃれ》さがある。

ファッション誌から飛びだしてきたモデルのような精悍《せいかん》で華やかなオーラは、気怠《けだる》さと爽《さわ》やかさがせめぎ合う朝のバス内で一際目立つ。右手に持っているビジネスバッグからして会社員なんだろうけど、いったいどんな仕事をしている人なんだろう。

「あっ、ここどうぞ」

ふいに女子高生が化粧品をまとめて立ち上がった。お腹を抱えている妊婦に席を譲っている。妊婦が「ありがとうございます」と微笑《ほほえ》むと、ああ、と心がほぐれた。車内で化粧する人は苦手だったのに、そんな意識も半減してしまった。

これぞドラマだと感じる所以《ゆえん》だ。

外見しか知らなかった人の声や性格が、ふっと覗《のぞ》いた刹那《せつな》に進む物語。

女子高生が例のチャラ男の隣に移動した途端、彼の背中がびくっと強張《こわば》ったのもほっこりさせられた。ラブストーリー要素まで加わったらすごいな、と傍観者として単純に愉快な心持ちになって視線を転じる。

窓の外の景色はバスの速度に合わせてゆったり流れていく。濡《ぬ》れたアスファルトと、民家の軒先に飾られた花々。窓ガラスにつく雨粒と、灰色の雲を白く溶かして光る太陽。

この近辺は坂だらけで、バスも二車線の狭《せま》い坂道をのぼったり下ったりしながら駅へむかう。俺の目的地も終点の岬駅。学校はさらに徒歩五分の場所にある。平素ならバスと徒歩合わせて二十分ほどで着くけれど、今日は生憎《あいにく》の天気だから遅れるだろうな。

視界でぶれる景色にしばらく見入ったあと鞄《かばん》から文庫本をだした。一番うしろの窓際の席で本を読む。これが俺の十五分足らずの暇潰《ひまつぶ》しスタイルで、高校に入学して二年生の冬になったいままで続いている。

『本ばかり読んで、一吹《いぶき》は真面目すぎじゃない？』と、ニューヨークに去年から海外赴任している母さんには昨夜も電話ぐちで囃《はや》された。『もっと遊べばいいのに。ちょっと悪い方が女の子にモテるよ』とも。

母さんは俺が四歳の頃に離婚していて、母子家庭なうえに離れて暮らしているせいか心配性なところがある。まあでも〝悪くなれ〟というのは本末転倒な気もする。

俺はゲイだと自覚しているから、女の子にモテたいとも思えない。寂《さみ》しいのも事実だけど、大人になって恋人を探しに行けるようになるまで恋愛は我慢するつもりだ。

離婚後一度も会っていない父親の記憶は断片的にしかない。酒とギャンブルに溺《おぼ》れて深夜帰宅する気配。鼓膜《こまく》を劈《つんざ》く怒鳴り声。母さんの頬《ほほ》を叩《たた》く音。俺の左腕を裂いたハサミの切っ先。

飛んでくるヤカンと脇腹にかかった熱湯――。

ウゥン、とバスが停車して再び人が乗車してくる。ステップを上がって奥へ奥へと迫る足音、それがなかなか途切れず、俺のいる後部座席付近まで乗客が溢《あふ》れたところでやっと発車する。

みっちり張った車体がヴウゥーンと唸《うな》って坂道をのぼって行くあいだ、目の前で押しくらまんじゅうよろしく立っている人たちが体勢を崩すので、悠々《ゆうゆう》と読書をしているのも申し訳なくなってきた。

しかも間近に和服を着たおばあさんが。

「席、どうぞ」

文庫本をしまって立ち上がる。

傘《かさ》が人にあたらないよう注意してシートを離れたら、おばあさんも「すみません……」と上品に会釈《えしゃく》しつつ座ってくれた。笑顔を残して人ごみを掻《か》きわけ、手すりを探して辿《たど》り着いたのは、あのお洒落な私服会社員の左隣だった。

自分より顔半分ほどの身長差、と横に立ってみて初めて知る。

手すりを握《にぎ》る右拳《こぶし》の骨と筋、右肩にぶつかる胴の弾力、ジャケットのしわと質感――ずっと遠目に眺《なが》めるだけだったから存在感がリアル。眩《まぶ》しさに圧倒されて、見つめていると意識ごと呑《の》まれそうになる。

ドラマの俳優が真横にいたらこんな感じなんだろうか。

ふわり、と彼の身体から冷たく澄んだ香水が漂ってきて、それが胸の底まで広がっていくと驚いた。乗客の湿った体臭のあわいで、急に呼吸しやすくなったから。

こんな人もいるんだ。

ほっと息をついて手すりを握りなおす。と、次の瞬間制服のズボンの上、右側の尻《しり》に誰かの手が触れた。え、まさか、と疑うも、すぐにがっちり鷲掴《わしづか》みにされて息を呑む。ごつい、肉感のある男の手、と判断できるぐらい大胆な掴み方。ねっとり絡みついてくる指が自分の身体の感触を愉《たの》しんでいるのがわかるとぞっとした。

……いや、待てよおっさん。俺が男なのは制服でも判別できるだろうが、なんでだよ。それとも外見だけで俺の性癖を見抜いたっていうのか？　ふざけるな。いくらゲイだって痴漢《ちかん》はゴメンだっつの。

こいつ、絶対捕まえてやる。

ここで騒ぎを最小限に抑えて捕らえるには、的確に一瞬で、だ。傘に片手を塞《ふさ》がれて不自由なのが難点だけど、揺れに合わせてそれとなく身じろぎすれば瞬時に痴漢の腕を掴むのは可能だと思う。

そろそろと慎重に視線を流していくと、思いがけず横のお洒落会社員と目が合った。あ、と思った次には痴漢の手が前方へまわってきて絶句した。

きょとんとした彼に、自分の股間《こかん》を触る痴漢の手を、その動きを、見られている。

「――……フッ」

顔を伏せた彼が小さく吹きだした。

「可愛い……」

くっくっくっと嗤《わら》われて、羞恥心《しゅうちしん》が迫《せ》り上がる。

「……ど、どういう意味ですかっ」

小声で抗議しても、

「真っ赤になって狼狽《うろた》えてるから」

と彼が苦笑し続けたせいか、痴漢の手も離れていった。

「近頃じゃ男も危険だって聞いてはいたけど、まさか目撃するとはな」

しみじみ言われた。これが初めて見る、彼の笑顔だった。

「俺だって痴漢に遭《あ》うなんて思わなかったし、嗤われるとも思いませんでしたよ」

「女性と間違われたのかな。いや、違うか。ソコしっかり握られてたし」

言うな！　と怒鳴るのを耐える。こんな男だったなんて思いも寄らなかった。

「失礼な人ですね」

他人に対して怒鳴りたくなったり、憤懣《ふんまん》をぶつけたりするのは久々だ。

「突っかかる相手間違ってるでしょう？」

窘《たしな》められて、また股間に伸びてきた痴漢の手に苛立《いらだ》ちが爆発する。

性懲《しょうこ》りもなくなんなんだこいつ、噛われたのに気づいただろいい加減にしろよ、と身を翻《ひるがえ》そうとしたら、腕で脇腹の火傷《やけど》を擦《こす》られて傷痕《きずあと》が息を吹き返したようにどくんと波打った。

「くっそ……いつまでやってるんだばか野郎！」

周囲への配慮も忘れて痴漢の手を捻《ひね》り上げながら振りむくと、

「いっ、いてててっ」

「ひょっ……――おまえっ」

情けなく悶《もだ》えている犯人はひょろりんだった。

いつも何気なく眺めていた糸目も出っ歯もハゲ頭も貧相な身体つきも、激憤に押されて一気に不快感の塊になっていく。存在そのものが害悪だ。摑んでいる手首の細さと浮きでた血管の感触までごっそりまとめて気持ち悪い。扉が開いたら蹴《け》り捨ててやりたい。

周囲もざわめいてひょろりんから身を退け、嫌悪《けんお》も露《あら》わな目線をむけている。

「男好きって本当にいるんだなあ……」

横の彼は呆《あき》れと感心半々に洩《も》らした。

ああいるよ。いるけど全員がこいつみたいなクズじゃない。

こんなドラマは期待していなかった。見たくもなかった。関わりたくもなかった。

最低最悪の朝だ。

学校に着くと前の席の林田《はやしだ》に「どうした？」と不審がられた。

「なんか不機嫌そうだな」

痴漢に遭った、とはさすがに言いたくないので「通学のバスでちょっと」とだけこたえる。

「ふうん？　よくわかんねえけど、河野《かわの》のこと怒らせるなんて命知らずな奴」

「どういう意味だよ」

「ほら、その目がもう怖《こえ》ぇんだよ。河野って怒らせたらやばいタイプじゃん？」

わからない。というか、やばいと思わせるほど怒った記憶がない。

そもそも林田との関係もクラスで席が前後なだけの薄っぺらいもので、会話はするし、放課後遊びの誘いに応じて集まる輪に同席することもあるが、その程度だった。

「勝手な想像で人のイメージつくるなよ」

「でも河野ってクールだからさ」

「付き合い下手《べた》なだけだ」

「かっけー」

こうやって、人が真面目に話しているのに囃したてるところが苦手だ。

「なあ、今度合コン付き合えよ」

話題も常時〝女の子〟〝彼女〟〝ヤる、ヤらない〟に偏《かたよ》っている。目をらんらん輝かせて乗りだしてくる林田に「嫌だよ」とため息を返した。

「いいじゃん。河野みたいな奴がいたら面白そうだし、このあいだ女子も〝河野君って謎《なぞ》だよね〟って言ってたからさ、きっとモテるぜおまえ」

「謎ってなんだよ」

「女のタイプもわかんねーとか言うからじゃん？」

「そこが基準？」

「ロン毛かショートか巨乳か貧乳か年上か年下か、ンな好みすらわかんねえっておかしいもんよ。女子が興味持つのも当然だろ」

以前男女入りまじってカラオケへ行ったとき、好みの女性のタイプを訊《き》かれて俺がばか正直に回答した内容を、林田はいまだにからかいのネタにしてくる。

「もういいだろそれ」

「あっははは、怒ンなよ！」

ばんっ、と肩を叩かれた。

林田は明るくて軽い。大抵クラスの中心付近にいて騒いでいるこいつからすると、俺は物《もの》珍《めず》しいのかもしれない。母さん言うところの、本ばかり読んでいる真面目すぎな奴、なので。

ただ俺自身、自分が浮いているのは自覚していた。

たとえば俺は教師にもクラスメイトにも下の名前で呼ばれた経験がない。小学生の頃から〝河野君〟〝河野さん〟〝河野〟で、自ら人を名前で呼んだこともない。でも林田は〝ツトム〟

と呼び捨てにされたり、したりする。

いつからかその虚《むな》しさに気づいた。名前の呼び方は親しさの度合いを表すのだ。

みんな何ヶ月付き合ったら呼び捨てにできる仲だ、と理解するんだろう。年月は関係ないんだろうか。〝今日から名前で呼ぶね〞と決めたりするんだろうか。それとも全部無意識なのか。

もし無意識なら余計に羨《うらや》ましかった。俺は性癖を隠すために気を張っているせいか、他人とのあいだにそういう許容を見いだせたためしがない。自分の内側へ引き寄せるみたいに名前で呼び合って親しく付き合っている友だちが、ひとりもいなかった。

「あっ、そうだバス通で思い出したわ。河野、首狩《くびか》り坂って知んね？」

「首狩り坂？」

「隣のクラスの友だちが怖い話とか心霊スポットとか好きなんだけどさ、うちの学校の近くで確か、えーと……おぼろ坂？　ってところがそれらしいんだよ。坂の下に同じ名前のバス停があるっていうから河野なら知ってるかと思って」

知ってるもなにも、毎朝利用している自宅前のバス停だ。五階の自室から窓を覗けば件《くだん》のおぼろ坂は目の前にまっすぐのびている。のぼって行くと徒歩三分足らずの場所にコンビニがあるので、深夜たまに歩きもする。

でも心霊スポットだなんて初耳だった。

「どんな曰《いわ》くがあるの」

「なんかな、女の人がストーカーに包丁で首切られて死んで以来、罪深いことをしてる奴はその女の霊に同じように首切られるんだってよ。ストーカーはもちろん、万引きとかちっさい犯罪でもさ。で、首狩り坂って呼ばれてるんだと」

「万引きは小さい犯罪じゃないだろ」

「みんな一度ぐらいやんだろ？」

けろっとこともなげに同意を求められて引く。

「それ、俺はいい霊だと思うけどな」

「は⁉　なに言ってんだ河野、いい霊なんているわけねえじゃんか。だいたい首切られんだぞ、怖《こえ》えってっ」

「罪人を裁いてるんなら、悪いことしなければいいだけの話じゃないか」

わー……、と今度は林田が目を細めて退いた。

「偉いな河野、偉すぎてドン引きだわ。おまえうしろめたいことひとつもないのかよ。俺なんて警官が近く歩いてるだけでびくびくだっつーのに」

「ああ、それはわかる」

ぶはっ、と林田が吹きだして俺もちょっと笑った。

罪を犯した経験がなくとも警察官の目には本能的に緊張してしまう。他人を傷つけた言動や些細《ささい》な嘘《うそ》をカウントすれば決してゼロではないからだろうか。

今朝もよっぽどひょろりんを駅の交番に突きだしてやろうかと思ったが、結局やめてしまったのはそのせいかもしれない。バスを降りたら『面倒だからもういいですよ。そのかわり二度としないでください』と一喝《いっかつ》して別れた。

もっとも、〝男が痴漢に？〟と追及されて辱《はずかし》められたら嫌だっていうのも大きかったんだけれど。

「首狩り坂って別名は初めて聞いたけど、一応おぼろ坂は知ってるよ」

「まじで？　おお、さっすがご近所さん！　なあ、そんじゃ今度行こうぜ。河野んちにみんなで泊まって夜中に肝試《きもだめ》しすんだよ！　おまえひとり暮らしなんだからいいだろ？」

「大勢だと困る」

「てことはせいぜい四、五人？　充分じゃん、女子も呼んでさ！」

林田はなんで俺に話しかけてくれるのかなと疑問に思う。席が前後とはいえ、浮いている俺にも臆《おく》さず泊まりで遊ぼうと言ってくれるこの天真爛漫《てんしんらんまん》さ。一番の目的が女子との交流だとわかっていても不思議だ。

「うん、いいよ。でも期末試験が終わったらな」

「うわでたよ、ちょー真面目！」

林田の剝《む》きだしの額《ひたい》を軽く叩いてやった。林田は「いてー」と仰《の》け反《ぞ》って笑う。つられて俺も笑ったら、キーンコーンと始業のチャイムが鳴った。

生徒が慌《あわ》ただしく席に着いて林田も前にむきなおると、肝試しか、と反芻《はんすう》した。このくち約束は守られるんだろうか。交わした約束を振り返ると守られなかったことの方が多いから苦い不信感が燻《くすぶ》る。

なんでかな。触れもしない他人の心と見せられもしない自分の心同士で信じ合うって難しい。自分には、一生無理なんじゃないかとすら思う。

駅前のスーパーは夜七時を過ぎると安売りが始まる。賞味期限に余裕のない刺身や揚げ物に値引きシールが貼られていって、待ち構えている客がいっせいに回収していく。

普段努力して自炊《じすい》しているものの、ちょうど食材が切れていたり疲れていたりする日は俺も参戦していた。今日は一日中怠惰《たいだ》な気分が抜けなかったので、四時に学校をでて図書館と本屋とレンタルショップで時間を潰したあと、首尾よくサーモンの刺身盛りを確保して帰路についた。

駅前ロータリーの停留所でバスを待つ。夜風がどんどん鋭くなっていく季節、雨上がりの夜空の藍色《あいいろ》は酷く明晰《めいせき》で星が近い。帰宅ラッシュの時間帯だからスーツ姿の会社員や制服姿の学生が入り乱れて賑《にぎ》やかだ。

楽しげなしゃべり声、イヤフォンから洩れ聴こえる音楽、タクシーとバスのけたたましいクラクション、光。

朝はみんな無愛想で早足に歩いているのに、夜は笑顔で気ままに歩いている人の方が多い。冴《さ》え渡る晴れた夜のもとに一日の終わりの解放感と興奮が満ちて、揺らいでいる。

バスがロータリーをぐるっとまわって到着すると、朝と同様にうしろの窓際の席に座った。高くなった目線からまた行き交う人たちを見遣《みや》る。

この町は駅を一歩外れれば閑《しず》かな住宅街しかない。外灯が並ぶ人気《ひとけ》のない坂道が這《は》っているだけの、広大な。

引っ越してきた頃はその落差に慣れなかった。眠ったように息をひそめる夜の闇へバスに揺られて帰って行く道程は、名状し難い心細さがつきまとった。

ひとり暮らしの自宅を思い起こす。自分で灯《あか》りをつけなければ暗いままの廊下。ストーブをつけなければ寒々しいままのリビング。テレビをつけてやっと戻ってくる他人の声。

母さんはほぼ三日おきにくれる電話の終わりに、必ず『愛してるよ一吹』と言う。『こっちの国の人たちは親との絆《きずな》を大事にするの。毎晩電話をする人もいるし、切る前には愛してるって言い合いもするのよ。それって素敵じゃない?』と。それで俺も、愛してるよ母さん、とこたえるようになった。世界でたったひとり、俺を名前で呼んでくれる母親。

放課後、日が暮れてもなお帰らずに本屋やレンタルショップをぶらつくのが好きなのは、寂しいからじゃない。孤独だからじゃない。念を押すように唱えて、バスの発車を待つ。

「こんばんは」

ん……？

振りむくより先に、左横に男が座った。さっとなだれこんできた清冽《せいれつ》な香りと服装で、瞬時に誰かわかった。お洒落会社員だ。

「また会えたね痴漢君。学校帰り？」

彼が艶《つや》っぽく笑んでからかってくるから、カチンときた。

「変な呼び方やめてくれませんか。俺が痴漢したみたいじゃないですか」

「悪い悪い。朝はあのあとどうしたの」

「べつにどうもしませんよ」

「警察に行かなかったのか」

「細かく事情聴取されるのが嫌でやめました。学校も遅刻したくありませんでしたし」

「ふうん？」

……なんだ、この状況。今朝まで声も知らなかった相手と並んで話しているのが奇妙だ。

左側の脚付近に立てかけておいた傘が彼の接近を拒《こば》むように互いを遮断《しゃだん》していて、よけないと失礼だ、と感じながらも、そんな必要ないだろ、と迷いもする。彼を歓迎するようなそんなこと、する必要ない。

すると扉が閉まって、アナウンスとともにバスが発車した。乗客は四、五人でてんてんと間隔をあけてシートを埋めている。並んで話していたのは俺たちだけ。長い車体は気怠げにのっそり左折して、ロータリーを抜けて行く。閑かな住宅街へむかって。

「あ、横にいたら読書の邪魔《じゃま》か」

そう言われて驚いた。

「いつもこの席で本読んでるでしょう？」

まるで昔からの知己《ちき》のように会話を繋《つな》ぐ。

この人も俺のことを認識してくれていたのか。

「最近はバスでも電車でもみんな携帯電話をいじってるから、珍しいなと思ってたんだよ」

「……よく、観察してるんですね」

「仕事柄」

黒いビジネスバッグから名刺ケースをとりだして一枚くれた。会社名の下に、取締役副社長、大柴賢司《おおしばけんじ》、とあってまた驚く。

「副社長、ですか」

「大学の友だちと立ち上げた小さな会社だからたいしたことないよ。流行に乗ってモバイルむけのコミュニティとかゲームを提供してます」

謙遜《けんそん》がまざった丁寧語で言って軽く頭を下げる。お客さま、にむけた態度。

なるほど、携帯電話をいじらない俺が気になった理由も頷《うなず》ける。ゲームと聞くと自由な印象があるせいか、私服姿なのも納得できた。

改めて間近で観察してみれば、余裕に満ちた佇《たたず》まいから感じていたオーラや威厳と副社長というイメージが一致する。単純に尊敬の念が湧《わ》いて、心が居ずまいを正した。

「おおしばけんじさん、で合ってますか？」

「うん。君は？」

「俺は河野一吹です」

「いぶきってどういう字？」

ひと吹き、と自分の左掌《てのひら》に書いて教えると、彼は「いい名前だね」と褒《ほ》めてくれた。

そして、

「一吹は電子書籍より文庫っていうタイプ？」

と、いきなり名前で呼んできた。何度驚かせる気だろう、この人は。

「いや、ええと……紙の方が好きですけど、もともと電子書籍を買う習慣もないんですよ。携帯電話の料金が嵩《かさ》むと困るから」

「ああ、バイトして払ってるのか」

「いえ、親が」

「あれ、親負担なら好き勝手に課金しちゃうものなんじゃないの？」

「しませんよ。小遣いで買ったり図書館で借りたりする方が性に合ってます」

「賢いんだね」

どうだろう。もちろん羽目を外して親に大金を払わせるのはばかだと思うが、俺にそれができないのは小心者だからだとも思う。

「でも、興味はあります。学校でも携帯ゲームで遊んでる人は多くて、前に俺がしたことないって教えたら『無趣味だな』ってびっくりされましたし」

「はは。携帯電話がないと暇も潰せないって方がよっぽど無趣味そうなのにね」

爽やかに笑われて面食らう。

「確かにそういう見方もできますけど、副社長のセリフじゃないですよそれ」

「そう？　提供してる側だからこそ欠点も把握《はあく》してるよ。子どもはもっと外で遊んだ方がいいと思うし、大人でも目の前にいる相手を無視して熱中する人が増えたらよくないと思うしさ」

「ああ、わかります。ふたりでいて携帯電話をだされると切ない」

「ね。端末依存ってことでいうなら俺も頼りすぎて年々漢字が書けなくなってるから、現役の一吹に負ける自信があるな」

「嫌な自信ですね」

あはは、と大柴さんが笑った。……柔《やわ》く綻《ほころ》んだ左側の頬にだけ、えくぼが。

「いつもどんな本を読んでたの？」

「どんな。ジャンルにはとくに拘《こだわ》りません。最近は選ぶのが億劫《おっくう》で、出版社ごとにあ行の作家から読んでます」

「すごいな」

「怠《なま》けてるだけですって」

「俺も見習おうかな。そのうち読むことじゃなくて制覇《せいは》することが目的になりそうだけど」

「あ、それもあります」

「やっぱり？　なんか意地になりそうだよね」

はい、とこたえると、彼の笑顔につられて俺も笑った。

意外と話しやすい。立場にそぐわずちっとも威張《いば》ったところがないうえに、それが自然だからだろうか。おかしいな、朝は嫌な人だと思ったのに。

「紙の本のどこが好き?」

趣味の話題を振ってくれるから、俺もするっとこたえてしまう。

「好きなのは、自分の指で読みたいページを探せるところ、ですかね」

「電子書籍にもしおり機能があるよ」

「うーん……手で開くと〝自分で読んでる〟って感覚が強くなるのかな。探しているのとはべつのページを開いて、つい読みだしてとまらなくなる時間も好きなんです。出版社によって紙質やインクの匂いも違うし、それぞれ好きで、本っていうかたちに惹《ひ》かれてるんですよね」

「ふうん……好みの女性の裸を細かく見定めてるみたい」

「違いますから」

言下に否定したら、大柴さんは顔をそむけて吹きだした。裸っていきなりなに言ってるんだ、と俺は焦《あせ》りを押し隠す。子どもみたいなことを、大人っぽく淡泊《たんぱく》に言うのが卑怯《ひきょう》。

くっくっ、とひとしきり肩で笑った彼は、

「友だちとはどんな遊びをするの？」

と、また俺に視線を合わせた。目尻に刻まれたしわに思慮深さと柔和《にゅうわ》さが同居していて、これは大人にしかつくれない表情なんだろうな、と思う。傘を、俺は自分の右側によけた。

「誘われたらカラオケにもゲーセンにも行きますけど、その仲間を友だちっていっていいのかどうか……」

「ん？　悩んでるのか」

傘が消えた隙間《すきま》を埋めるように彼が傍《そば》へくる。近くなると、我に返った。

「あ、いえ。すみません、深刻なことじゃないです」

右手を振りながら笑う。

無意識に弱音をちらつかせるような真似をした自分に戦《おのの》いた。動揺が笑顔を引きつらせているのは自分でもわかったのに、彼はしばらく俺を見つめてから微笑して「……そうか」と流してくれた。そっと、スマートに。

……自分の内側、身体の中心の奥にあるなにかが温《ぬく》もっていく。これは、安堵《あんど》だ。

「今朝あんなふうに嗤われたから、大柴さんは性格の悪い人だと思ってました」

「正義の味方ぶって助けたら、それこそ男のプライドを傷つけたんじゃない？　自力で切り抜けてやるって顔してたし」

「本気で嗤ったわけじゃなかったんですか」

「や、ちょっとは面白かったよ」

　くっと睨《にら》み据えたら、彼は右手でくちを覆って「ごめん」と苦笑した。指が長い。

　まあでも、そうだな。助けてもらってきゅんとときめいたかと問われればこたえはノーだ。自分で捕まえてやらなくちゃ気がすまなかった。それは結果的に彼が嗤ってくれたおかげですんなり実行できたわけだ。この人は無神経なんじゃなくて、頭の回転がはやいのかもしれない。

「俺、あの人に〝ひょろりん〟ってあだ名つけてたんですよ」

　ぶは、と破裂したように大柴さんが吹きだす。

「わかる。ハゲ上がってひょろっとしてて、よく見かけるおじさんだったよね」

「大柴さんも気にしてました？」

「してたよ。ぴったりのあだ名で笑える」

　俺もすこし笑ってしまった。笑い合えて楽しい、自分が観ていたバス内のドラマに共感してくれる人がいて嬉しい。

　ひょろりんに痴漢された不快感も、すっかりどうでもよくなってしまった。バスはもう、あとひとつ停留所を過ぎればおぼろ坂に着いてしまう。

「大柴さん。あの、俺も〝賢司さん〟って呼んでいいですか」

「いいよ」

躊躇《ちゅうちょ》のない即答だった。

「いいんですか」

思わず確認したら、

「いいよ」

と繰り返す。

「どうしたの？　俺が馴れ馴れしすぎたか。一吹君って呼んだ方がよかった？」

「違います。こう……名前で呼び合うのは特別な関係だと思ってたから」

「ああ。なら、お互い特別になりましょう」

余裕そうに微笑みながらも、ここだけ敬語をつかって下手《したて》にでるのが狡《ずる》い。知り合って間もないガキなのにと困惑したら、それを見透かしたように、

「初対面じゃないしね」

とフォローしてくれる。心の内側に引き寄せてくれた。許された、いま。

「はい、じゃあ……よろしくお願いします、賢司さん」

初めて呼んだ他人の名前は、舌の上で甘酸っぱく広がった。急に照れ臭くなって懸命に平常心を保とうとする俺に、賢司さんは今度は、

「こちらこそよろしく。って、改めて言うと照れるね」

と、これもまたこともなげに言ってのけた。しかし微笑む彼にはちゃんと余裕が保たれている。無駄な気負いがないからそう見えるのか。

大人って、子どもの前で格好つけてなくちゃいけないものだと思ってた。けど格好悪いこともしれっと認めてしまえる彼の落ち着きが、他のどんな大人より心地いい。

バスは数分でおぼろ坂に着いてしまい、俺たちは一緒に降りると「おやすみなさい」と別れた。道路を挟《はさ》んで反対方向に行く。賢司さんはおぼろ坂の方へ。俺はむかいのマンションへ。

エレベーターに乗ったら、上昇に合わせて会話がふつふつ蘇《よみがえ》ってきた。

『いつもこの席で本読んでるでしょう？　――最近はバスでも電車でもみんな携帯電話をいじってるから、珍しいなと思ってたんだよ』

びっくりした、本当に。

『大学の友だちと立ち上げた小さな会社だからたいしたことないよ。流行に乗ってモバイルむけのコミュニティとかゲームを提供してます』

もらった名刺で、あとで調べてみよう。

『携帯電話がないと暇も潰せないって方がよっぽど無趣味そうなのにね』

ひょっとして無趣味な俺を庇《かば》ってくれたとか……じゃないか。

『ん？　悩んでるのか――……そうか』

でもあの瞬間は俺が感傷を引っこめたことにたぶん気づいていた。笑顔に〝話したくないんだね〟という含みがあったから。もし相談しても聞いてくれたかもしれない。そう信じられる包容力のある人だった。

家に着いてサーモンの刺身盛りをせかせか腹に突っこむと、早速パソコンで賢司さんの会社を検索した。トップにでてきた公式サイトの役員紹介ページに賢司さんの顔写真を見つける。経歴も載《の》っていて都内の有名大学卒業後、ＩＴ企業で働いたのちに会社を立ち上げた三十三歳だとわかった。

提供されているものでもっとも支持されているのは『アニマルパーク』というＳＮＳのようだった。好きな動物を選んで着飾ったり、その姿で交流したりするらしい。お洒落しすぎるとどんどん課金されていくシステムなので、そこだけ気をつければ無料で利用できるとのこと。ところがよくよく調べてみると、ネット上の質問サイトなんかに『「アニマルパーク」で中学生の息子が遊びすぎて大変な額の請求がきました。どうしたら払わずにすみますか』などの理不尽な書きこみも多々あって驚いた。

俺に『親負担なら好き勝手に課金しちゃうものなんじゃないの？』と言ったとき賢司さんはどんな気持ちだったんだろう。大人の余裕がある、と何度となく感じ入ったけど、社会人として抱えている悩みは計り知れないほどあるんだろうな。それを秘めたまま笑っていた。話しやすかった、とまた思う。じんわりしみじみと、感嘆さえしながら。

林田となにが違うんだろう。林田との会話はあいつが下品な話ばかりしようと俺が無関心だろうと、お互い咎《とが》めず怒らず、緩く展開して成立する。

それに引きかえ賢司さんとは興味を持って受けこたえした。内容自体趣味に関係していたから、質問されるのも問いかけるのも楽しくて浮かれてしまった。たぶん彼はわざと俺の好みを引きだす会話運びをしてくれたんだと思う。そこが違うんだろうか。

また話したい。

賢司さんが笑いながらくちを押さえたときの指、すごく長かったな。綺麗だった。俺もいつかあんなふうに大きくて綺麗な指になれるだろうか。

自分の手を見てみると、子どもの頃ほど小さくはないもののつるっとしたなめらかさに若干の幼さが残っていて、大人らしい無骨さに欠けている。腕の傷だけが年齢を超えた異様な生臭さを放っていて、アンバランスさが際立っていた。傷に箔《はく》すらつかない子どもだ、俺は。

と、ふいにチリリリと携帯電話が鳴りだして、確認したら母さんだった。

『一吹起きてた？　聞いてよ、昨日同僚の娘さんが家出しちゃって大騒ぎだったのよ！』

唐突だなと呆れながら、その娘さんの非行と同僚の慌てぶりを語る母さんに相槌《あいづち》を返す。こういう無駄話も母さんなりの距離の埋め方だと、もう知っている。

『……ねえ、一吹』

ひとしきり話し終えた母さんは声のトーンを下げた。

『何十回、何千回と言ってるけど、わたしがお父さんに暴力ふるわれるたんびに一吹が庇ってくれてたの、本当に嬉しかったよ』

「なに母さん、酔ってるの？」

『同僚の親子愛を目のあたりにして考えてたのよ。小さいときから変な使命感持たせちゃって……欲しいものだってねだれるぐらい子どもらしく育ててあげたかったのに、ごめんね』

母さんに謝られるのは嫌いで、いつもついぶっきらぼうになる。

自分の人生が間違いだと言われたくないし母さんの寂しげな声も聞きたくないから、〝楽しく生きてるしべつに大人でもないよ〟と反抗して乱暴に黙らせてしまいたくなる。

でも今日はかろうじて理性が働き「……うん」とこたえられた。それもそうとうに素っ気なかったけど、母さんは苦笑してくれる。

『愛してるよ、一吹。じゃあおやすみ』

「ン、俺も愛してるよ母さん。おやすみ」

電話を切って、まだ制服のまま布団に転がった。母さんと言い合う〝愛してる〟は、血の繋がりを確認しているようだと思う。あるいは強い約束のようだと。

数日前に言ったときから変わらず今日も愛してる。必ず明日も愛してる。明後日も。

やがて言葉の力が薄らいであやふやになりそうになる頃にはまた、電話をくれる。大丈夫、というふうに、愛してる、と母さんが繰り返す。俺もこたえる。

父さんはどうだったんだろう。母さんや俺に愛していると言えただろうか。憶《おぼ》えている。俺の腕に誤ってハサミを突き立てた瞬間の、後悔に歪《ゆが》んだ顔を。一瞬で老《ふ》けこんでしまったような恐ろしいほどの悲痛な面持ちに、俺も驚いた。腕の傷より胸が痛んだ。父さんを傷つけた、と思った。

母さんが言うには、父さんは自分より優秀で収入の多い母さんに劣等感を抱いて荒れていったんだそうだ。

母さんは酒が入って陽気だったりすると『情けない男だったのよ～』と笑って揶揄《やゆ》するが、ときには『そういう弱さごと好きだったし、自分がもっと女らしければよかったのかなとも思うのよ。一吹を寂しがらせることもなかっただろうなって』と振り返ったりする。

母さんが心から恨《うら》んでいないから、俺も恨めない。恨む理由もない。

一吹、と呼んでくれた賢司さんの声を鮮明に耳に蘇らせてみる。自分が彼の名前を呼んだときと同様に、レモンを嚙《かじ》ったような甘酸っぱさが口内と体内にじんわり広がっていった。

――自分の困難だけじゃなく、人の苦しみまでひと吹きで飛ばしてしまえる子になるように。

そんな由来があるこの名前は、恐らくもう会うことのない父さんがつけてくれた名前だった。

翌朝バス停へ行ったら、賢司さんはすでに並んでいた。

おはよう、とくちの動きだけで挨拶《あいさつ》をくれる。まばゆい朝日を受けて微笑む姿が格好よくて、なんだか悔しい。同じことをしてもさまにならないのは明白なので、俺は頭だけ下げて最後尾に並んだ。……待ち人三人分の後頭部の先に彼の背中がある、この距離。

数分後到着したバスに乗車した賢司さんは、中扉の前に立ってつり革を握った。

あとから乗った俺はしばし逡巡《しゅんじゅん》して、結局いつも通り一番うしろの席に座った。

話したいんだから横に並んで声をかければよかっただろうか。でも賢司さんが立つのを選んだのは〝いまは話したくない〟という意思表示かもしれない。朝はローテンションで他人と接したがらない人もいるし。いや、けど賢司さんなら……――って、なにを迷ってるんだ俺。

女々《めめ》しく悩む自分に呆れるのに、原因不明の緊張に脅《おびや》かされて身体がかたまる。話しかけるだけのことにどうして萎縮しているんだか、気弱な自分が不可解だ。

賢司さんの横顔を見つめて、膝《ひざ》の上に置いた鞄の持ち手を握り締めた。行こうか。一度座ったのに変か。変でもいいから行くか。

あの人は大人なんだ、とこんなときまで歳の差を痛感した。同級生なら難なく近づいて行けただろうに、大人の賢司さんの心は未知すぎて許容範囲が見いだせない。調子に乗って甘え続けていたら知らぬ間に嫌われていく気がして、でもそれさえ悟らせてくれなさそうで怖くなる。

あ、そうか。俺、賢司さんに嫌われたくないのか。

バスが発車して、ふと賢司さんが俺の方へ視線だけ流した。唇《くちびる》がにっと笑んだのもわかって
はっとしたら、車体の揺れに注意しつつこっちへきてくれる。

横に座るとすっと俺の耳に唇を寄せて、

「……見すぎ」

と囁《ささや》いた。

たぶん人生で初めて、今後二度とないだろうってぐらい真っ赤になった。

「一吹は本を読むと思ったから遠慮したのに」

「いえ、すみません……賢司さんと話したかったです」

「嬉しいこと言ってくれるね」

賢司さんが目を丸める。嬉しいこと。

「俺、昨日賢司さんの会社のサイトを見たんですよ」

「ああ。顔写真が免許証みたいで笑えたでしょ」

え？　思い返してみても笑いたくなった憶えがないし、そういえば賢司さん以外の役員の顔
も一切記憶にない。

「よく憶えてませんけど……普通に格好よくて違和感なかったです」

「格好いい？　痴漢されてる男子高校生を笑うような奴だよ、俺は」

「もういいですってそれ」

賢司さんが「ははっ」と朗《ほが》らかに笑って、俺も笑う。よかった、昨夜と変わらない。

「ゲーム、俺もなにかやってみたいんでおすすめ教えてください」

「おすすめか。どんなジャンルがいいの？　RPG、スポーツ、ギャンブル、育成、恋愛」

なんだろう。テレビCMで観てはいるけどどれがどう楽しいのか見当もつかない。

「無料なのがいいんですけど、『アニマルパーク』はゲーム性は皆無なんですか？」

「『アニパー』が気になる？　交流の他に一応ミニゲームもできるよ」

言いながら、賢司さんはジャケットの胸ポケットに手を入れてスマートフォンをだした。画面を操作して「ほら」と見せてくれたそこに、眼鏡をかけたお洒落な二頭身のオオカミがいる。灰色の毛並みのキリッと凜々《りり》しい男前。

「格好いい。賢司さんに似てますね」

「一吹も登録してみる？　携帯電話のアドレス教えてくれたら招待してあげるよ」

「うん」と自分のスマホをだしてアドレスを伝えた。わくわくしながら確認メールを受けとって登録をすませると、次は設定画面に切りかわる。

「どの動物にするかって選択肢がでてきました」

並んでいるのはネコ、イヌ、ウサギ、クマ、オオカミ、トラのシルエット。

「そこからひとつ選んで、外見の特徴と顔つきと名前を決めたら一吹のキャラができるよ」

ふうん、と考えてウサギにした。色は白。母さんが子どもの頃に飼っていたと聞いたことがあって親しみを感じたから。

　すると次は特徴選択で二枚目ウサギ、三枚目ウサギ、ぼろぼろウサギというのがでてくる。

　二枚目は耳がぴんと立っていて輪郭《りんかく》が細い。三枚目は片耳が折れていて輪郭がずんぐり楕円《だえん》。ぼろぼろは耳が立っていて輪郭も細めの卵形だけど、毛がぼさぼさ乱れていて見窄《みすぼ》らしい。

「どれにする？」と賢司さんが問うてきたのとほぼ同時に、ぼろぼろウサギを選んでいた。

「ぼろぼろ？」

「うん、親近感が湧いたから」

「親近感？」

　顔つきは目などの選択肢があった。つぶらな目や糸目、つり目、垂れ目と何十種類もある。昔の少女漫画を意識したきらきらした目まであって遊び心が感じられた。

「これにしようかな」と冗談で数字の３の目を示したら、賢司さんが「いいね」とにやけたから、やめて普通の黒くて丸い目にした。あと自分の右くち元にほくろがあるから、それも。

　最後に〝動物の名前を入力してください〟とでてくる。本名はよくないんじゃないかなと困って、窓の外や横にいる賢司さんに視線を巡らせて、そして思いついた。

「〝ソラ〟か」

「はい。賢司さんのスマホケースが綺麗だからもじって」

　ああ、と賢司さんが裏返したケースには、ゴッホの『星月夜《ほしづきよ》』の絵画がある。

「本当はクリムトの『接吻《せっぷん》』にしようと思ったんだよ」

「そうしたら〝キス〟になってましたね。『星月夜』でよかった」

「〝チュー〟でもいいでしょ」

賢司さんのくちからやたら可愛い言葉がでてきて面食らう。彼が恥《は》ずかしがらないぶん、俺の方が倍照れた。

「ウサギが〝チュー〟って変ですよ。ネズミじゃないんだから」

「お、うまい突っこみ」

論点がズレたところでバスが駅に着いた。十五分が、あっという間だ。「賢司さんはここから電車ですか」と訊くと「そうだよ」と頷きが返ってくる。

「『アニパー』は登録した直後に記念のお金が入るから服を買って着替えてみな」

「はい」

「俺も一吹を招待したおかげでボーナスが入ったし、あとでお洒落するよ」

したり顔で言われたけど、賢司さんの役に立てたのならべつに嫌じゃない。

バスを降りて、手を振って別れる。通勤通学のために集まった人たちが足早に行き交うなか、賢司さんの背中はゆったり改札へ消えて行った。彼のいる空間だけ四角く時間軸が遅く見える。

身を翻すと空がいつもより透き通っていて明るい。

晴れやかで軽くて、それでいて酷く濃密な朝だった。

　昼休み、食事は自分の席でとる。林田もそうだから自然と会話することになり、そこへよく連《つる》むクラスメイトが加わったり減ったり、というのが常だった。

　自分を内向的だとは思わない。テンションがほとんど一定で極端に上下しないのは長所でも短所でもあるんだろうと自覚しているぐらいだ。

　けれど林田たちといると、自分が輪からはみだしているのがわかる。馴染めていない。会話も〝してる〟んじゃなくて「河野は？」と訊かれてこたえる程度で、どうしたって置物じみて感じてしまう。

　だからって――、

「三組の伊藤《いとう》って頼めばヤらせてくれるって噂《うわさ》じゃん？」

「まじで？」

「おまえ知らねーの？　こないだ後藤《ごとう》がどうしても童貞《どうてい》捨てたいって言って、ヤらせてもらったらしいぜ」

「後藤ってあのオタクみたいな奴かよっ。俺が女だったらぜってー嫌だわ」

「そうそう。後藤ばかだから伊藤に金払ったらしいよ。三万」

「そこまでして童貞捨てたがる方が逆にキモくね？　しかも三万ってビミョ～……」

　この会話にどうやってまざればいいんだ。

はしゃいで心にもないことを言えばいいのか、呆れて見下せばいいのか、真剣に咎めればいいのか、どれも判然とせず決まって黙りこむことになる。

「河野はいつも弁当だな」

突然話しかけてきたのは俺と同様に傍観していた嶋野《しまの》だった。目つきが怖い。コウジ、とみんなに呼ばれているクラスメイトで、賑やかなグループの隅で静かに佇んでいる摑みどころのないイケメン、委員会にも部活にも所属していない、というデータしか持っていない相手。

なんでそんなに無愛想なんだよと訝《いぶか》しみつつ「うん」と頷いたら、そのまま会話は流れていく。

食事が終わると、学食でヨーグルトジュースを買って裏庭のベンチへ逃げた。

晴天の下でスマホをだして『アニマルパーク』を起動し、家具のない殺風景な部屋にソラを呼ぶ。

賢司さんが言っていた通りサービスでアニマルゴールドというお金が入っていたので、服とアクセサリー類を一通り買って着替えてみた。

ぼろぼろウサギの乱れた毛並みは、ふかふかのベッドの上で思うさま転がって静電気まみれになったようにも見えるし、ただ単にくたびれ果てているようにも見える。洋服で着飾ってあげると、それでもとても素敵に映《は》えた。うん、可愛い。

機能についても学ぼう、と友だちリストというのをクリックしたら、賢司さんの名前とアイコンが表示されてオンラインになっていた。

ちなみに賢司さんのオオカミはシイバという。大柴の〝柴〟からきてる名前だろうけど外見も名前もいちいち格好よくて、なんだろうこの人、ほんと太刀打《たちう》ちできないなと思う。

試しに〝友だちの部屋へ行く〟のアイコンを押したら、画面が切りかわってモノトーンで統一された広い部屋へ辿り着いた。透明テーブルと黒いソファー、その正面に液晶テレビ。

ソファーの片隅にはシイバが座っている。

――『一吹?』とシイバの上に漫画みたいな吹きだしと言葉が。

これがチャットか、と理解して自分も画面下のコメント入力フォームに文字を入力した。

――『そうです、こんにちは。いまお邪魔でしたか?』

俺の言葉もソラの上に浮かぶ。

――『こんにちは。仕事中だけど平気だよ。一吹は昼休み?』

――『はい。賢司さん、仕事中にスマホを……?』

――『いやPCからアクセスしてる。一吹はスマホだよね。……悪いこと教えちゃったかな。友だちとしゃべったりしなくていいの?』

さっき聞いていた会話の苦い気分が蘇った直後に、

――『ああ、友だちじゃないんだっけ』

と追い打ちをかけられて撃沈する。

——『いじわる』

わ、なに甘えてるんだ俺。自分で送信したくせに、ソラの頭上にでたひらがな四文字の甘ったるさに赤面してしまった。こんな可愛いこと言う自分は知らない。猛烈《もうれつ》に恥ずかしい。

——『そのいじわるなオオカミに相談してみる？　話したそうだったでしょう、昨日』

そしてこの格好いい生き物はなんだ。いまこのタイミングで昨夜のあれを蒸し返すなんて狡すぎる。

——『すみません。たいしたことじゃないんですけど、じゃあひとつ訊いてもいいですか』

——『どうぞ』

……朝は話しかけるのすら苦労したのに、文字だけのチャットだと変に図々しくなれてしまう。失礼なことだけは言わないようにと心がけて、先ほどの林田たちのことをかいつまんで説明した。そうして問うた。

——『賢司さんなら、どうしますか』

——『一吹と同じだろうな。顔にはださないけど』

賢司さんもか。……結局こういう人付き合いは大人になっても変わらないものなのか。

——『ねえ一吹。一吹は自分がなんでなにも言えないと思う？　偽って下品な話題に乗ることも見下すことも咎めることもできないのはなんでか』

なんでか？

ゲイだから警戒している、というのもあるけど……。

――『会話に乗るために嘘をつきたくないし、場の空気も悪くしたくないし、叱《しか》ったら、』

叱ったら、どうなるだろう。

林田たちは俺を煙たがるだろうな。〝あいつ真面目だからな〟と敬遠されて昼飯も別々になり、遊びに誘われることもなくなる。それで、俺は。

――『一吹はひとりになるのが寂しいんだよね』

どき、と心臓が弾けた。

ひとりの家、ひとりの生活、ひとりの夜のバス内で感じてきた言い知れない心細さ。そうかもしれない。林田にもクラスメイトにも馴染めないと感じながらも緩く細く繋がろうとしているのは、これ以上孤立したくないからだ。

ひとりで起きて、ひとりで朝食を食べて、ひとりで学校へ行って、ひとりで帰宅して、ひとりで夕飯を食べて、ひとりでまた明日を待つ。その日々の繰り返しのなかで誰にも言ったことはないけれど、寂しさと、ゲイであることの疎外感《そがいかん》をずっと押し殺してきた。

自分の脆《もろ》さは認めたくない。矜持《きょうじ》を捨て他人に媚《こ》びるほど落ちぶれてもいない。だけどどうやって名前で呼び合える友だちを探せばいいのかわからないから、かまってくれる林田たちに心の底では感謝しているし本当はわかり合いたい。友だちに、なりたい。

一吹、と賢司さんが呼ぶ。

――『俺も一吹と同じだってこたえたでしょう？　だから一吹と仲よくなれたのも嬉しいよ。自分で自分を窮屈《きゅうくつ》に縛《しば》らなくていい。友だちになりたい相手には本心を言いなさい。言わない覚悟をしたら同時に、相手を求める権利も失うんだよ。我慢は溝しかつくらない。一吹が悩みを聞かせてくれたことも、俺は喜んでるよ』

〝自分を窮屈に縛らなくていい〟

〝我慢は溝しかつくらない〟

〝一吹が悩みを聞かせてくれたことも、喜んでるよ〟

……胸が圧《お》し潰されて思いがけず目の奥まで痛んだから、それを敢《あ》えて伝えた。

――『泣きたくなりますよ』

伝えることで、笑ってごまかしたかった。でも賢司さんは、

――『泣いてもいいよ』

と言ってからぽろぽろ泣きだした。賢司さん、というか、正確にはシイバが。

――『感情表現の機能もあるんだよ。一吹も使ってごらん』

探してみるとコメント入力フォームの真上に挨拶とおじぎと喜怒哀楽を示すアイコンが並んでいる。涙のアイコンを指で押したら、俺のソラも目を閉じて水色の涙をぽろぽろこぼした。白くてぼろぼろのウサギが泣いている。

——『便利ですね』
驚嘆しているあいだに俺の方の涙は目の奥に引っこんでいって、賢司さんはわざと空気を和らげてくれたのかも、と思い至った。
仕事の合間にこんな子どもの相談に乗ってくれて、気さくで頼り甲斐《がい》があって。
この人は相手をわけ隔てなく理解しようとしてくれる。もし俺がゲイだと打ち明けても受容《い》れてくれるだろうか。軽蔑せずにいてくれるだろうか。あえかな希望まで胸に満ちていく。
——『俺、もうちょっと人付き合い頑張ります』
もらった厚意にこたえるためにも、保身に努《つと》める人付き合いはやめていきたい。
——『それと、俺も賢司さんと仲よくなれて、ここのことも教えてもらって、嬉しいです』
シイバがソファーから立って両手を上げ、笑顔で飛び跳ねる。嬉しい、というアクションみたいだ。俺も真似して一緒にぴょんぴょん跳ねた。
嬉しい、嬉しい。賢司さんにかまってもらえて、とても嬉しい。
——『じゃあそろそろ教室に戻ります』
——『うん、午後も頑張って』
——『はい、賢司さんも』
ばいばい、と手を振る挨拶を交わして、俺は幸せな気持ちでシイバの部屋をあとにした。

いまこの瞬間どこにいるかはわからない、けど確実にどこかで生きている人が自分の存在を認めてくれているのは、温かい太陽に包まれているような、優しい魔法にかかっているような安堵だった。なぜか勇ましくなって、どんな逆境にも立ちむかえる気がしてくる。

もっとはやく賢司さんと仲よくなりたかった。並んでバスを待っていた数分も、お洒落だなと眺めていた一時《ひととき》も、降車して擦《す》れ違っていた一瞬も、とり返したくて歯痒《はがゆ》い。

〝俺も一吹と同じ〟〝仲よくなれたのも嬉しいよ〟

駅前の歩道を進みながら、賢司さんがくれた言葉を咀嚼《そしゃく》するように何度も何度も反芻した。優しすぎる大人の言動は全部相手のための嘘にも感じられて、こんなにいい人いるわけがないと疑えばきりがないのに、でもその危なげなところもまた、途方もない魅力だ。

たちが悪いな。悪くて、憎たらしいぐらい格好よくて、包容力がある。俺もあんな男になりたい。

父親と過ごした時間がほとんどないせいでファザコンなのかも、と自分を分析しつつ、いささか弾んだ足どりでレンタルショップへ入る。今夜は金曜の夜だし、DVDで夜更《よふ》かしする予定で新作のひとつに目星をつけておいたのだった。海外の小説が原作のミステリーで、翻訳された文庫が面白かったからレンタル待ちしていた。

新作コーナーへ移動してずらっと並んだ列から無事確保。他は全部レンタル済みで、どうやら最後のひとつっぽい。よかった。

「十八禁コーナーはあちらですよ」

いきなり顔の真横で声をかけられて、振りむいたら賢司さんがいた。

「うわ、びっくりした。……こんばんは」

「こんばんは」と返事をくれると、にいっこり微笑む。

「それひとつしかないね。俺も観たかったんだよなー……」

う。

「俺が先にとったんですよ」

「そこをなんとか」

「なりません」

「けち」

けちって……。ソラの『いじわる』とは比べものにならない可愛さだな。ほんとこの人なんだろう。甘え方まで知っている大人なんてとんでもなく悪質だ。

「一吹のかわりにＡＶ《アダルトビデオ》借りてきてあげるから、それと交換っていうのは」

「できません」

「そんなに観たいの？」

「観たいです」

「ＡＶより？」

「賢司さんがAV借りればいいでしょ」

「今日は紳士《しんし》な気分なの」

「第一声で十八禁がどうとか言ったのはどこの誰ですか」

「スルーしたくせにっ」

ははっ、と賢司さんが笑う。中指を眼鏡フレームの中心にあててズレをなおす仕草、無防備にカーブした唇、長い睫毛《まつげ》。一瞬一瞬の動きにも見惚《みと》れてしまう。瞬《また》く間に。

心がふいにほどけて、なんで意地になったんだろうと我に返る。社会人の金曜日は学生のそれより貴重だろうから、俺はまた平日の夜にでも借りればいいじゃないか。賢司さんの楽しみを奪うより、その方がいい。

「賢司さんあの、やっぱり、」

「うちにくる？」

え。

「なんですか？」

「うちにきて一緒に観ませんかって誘ったんだよ」

うちに……賢司さんの？

「いいんですか」

「いいよ」

行こうか、と賢司さんは俺の手からＤＶＤをとってさっさとレジへむかって行く。カウンターにＤＶＤと会員カードをおいて金を払おうとするから、慌てて「俺もだしますよ」と申しでたら、俺に視線をむけて目尻を下げ、やんわり微苦笑した。

「そう。じゃあ払ってもらおうかな」

「え。……あ、はい」

俺のおごり？　とせこい思いが過《よぎ》ったものの、確かにたかだか数百円をワリカンするでもないので支払った。……が、またびしっと格好いいところを見せてほしかったと勝手な理想を押しつける自分もいて、そんなこすからさが恥ずかしい。

胸のうちで自戒しつつレンタルショップをでたら、

「夕飯はなにがいい？　和食、洋食、中華からどうぞ」

と訊かれた。

「外食したいところだけど今日はＤＶＤ観たいし、特別に包んでもらって家でゆっくり食べよう。どこも大学時代から通ってる馴染みの店だから味は保証するよ」

「賢司さんの、馴染みの店ですか」

俺がほうけると、賢司さんは意味ありげに微笑する。

「ＤＶＤ代払ってもらったから、食事は俺にごちそうさせてね」

……だめだ。この人、さっきの俺の卑《いや》しさを完全に見抜いてた。

「すみません、俺……」

頭を下げてぎこちなく謝っても、

「なにが？」

ととぼけて笑顔で流されてしまう。流して、くれてしまう。

かなわない。もう下手に繕《つくろ》わないで掌の上で転がされておこう、そう観念して「和食がいいです」と告げ、楽しそうに笑う彼に促されるままついて行く。

着いたのは駅前商店街の外れにある『かすが食堂』という店だった。表面が擦れた木製テーブルや、壁にずらりと並ぶ褪《あ》せた手書きメニューに時代を感じる。

賢司さんが「おばちゃんどうもー」と奥のカウンターへ行って「お弁当ふたつ作ってくれる」と親しげに頼むと、白いエプロン姿の小柄なおばさんがでてきて「いらっしゃい、シバちゃん。お弁当ふたつね。今日はえらい可愛い子連れてるねえ」とこちらも心安く応じた。

おばさんは俺にも元気で豊かな笑顔をむけてくれる。圧倒的な温和さと安心感のある笑顔で、こうやって癒《い》やしてきた何人ものお客さんのなかに賢司さんもいるんだなと納得させられる。

「こんばんは、河野です」と俺も自己紹介をすると、お弁当ができるまで談笑した。

おばさんに「シバちゃん仕事どうなの、頑張ってんの？」なんて訊かれて「頑張ってるって」とちょっと煙たげに笑う賢司さんは、母親に心配されている息子みたいで新鮮だった。

店をでると、

「『かすが』のおばちゃんはいつもああなんだよ」

と肩を竦《すく》める。困ってみせておいて本当は気を許していることも、長い付き合いのうちにできた絆もうかがい知れて、胸が温かくなってしまう。学生時代の賢司さんの跡が残る場所。そんなプライベートに触れさせてもらえたのも嬉しい。

「副社長らしいごちそうはまた改めてね」

「いえ、『かすが』のお弁当がいいです」

賢司さんが何年も愛してきた味の方が。

「俺いつもスーパーの安売りで買い物してたから、他にもいい店があれば知りたいですし」

「一吹の家は一吹が夕飯の用意をしてるのか」

「あ、俺ひとり暮らしなんですよ。母子家庭なんですけど、母親が海外赴任中で」

バス停ですでに待っていたバスへ乗車し、どちらからともなく一番うしろの席を選んで座った。

「お母さんは海外か。高校生でひとり暮らしなんてすごいね」と、賢司さんが会話を拾ってくれる。

「心配かけてるとは思います。ここに越してきたのも母の辞令と俺の高校進学がたまたま重なって、母に『せめて学校の近くに住んでいてほしい』って言われたからなんで」

「そうだったのか……」

小刻みに頷いた賢司さんは、俺を見つめてしばらく黙っていた。バスも走りだして俺が戸惑い始めた頃に、頬を綻ばせて俺の背中をぽんと叩いてくれる。

寂しいんだよね、という昼間もらった文字が、賢司さんの声になって聞こえた気がした。

「俺は大学からずっとここだよ。引っ越そうと思ったこともあるけど、交通の便も悪くないし住み慣れて愛着もあるしで、踏ん切りがつかないままずるずる居座っちゃってね」

会話は軽やかに続く。でも彼が言葉にしなかった言葉、はしっかり俺に届いていた。

……賢司さんはどうしてこんなに鮮やかに他人の心を酌《く》めるんだろう。

「『かすが』のおばさんみたいな人がいたら、俺も離れ難くなりそうです」

「さっき言った洋食と中華の店も今度連れて行ってあげるから」

「はい、嬉しいです。楽しみにしてます」

知りたい。賢司さんが過ごしてきた町も、接してきた人も、積み重ねてきた時間も。

どんなふうに生きてきていま、ここにいるのか。

「賢司さん」

「ん？」

賢司さんが膝においている『かすが』の袋から、お弁当の芳《かぐわ》しい匂いが漂ってくる。

横にいるこの人は間違いなく昼間シイバを通して俺と話していた人なんだよな。姿形が見えなかったぶん、若干不安に思いつつ切りだす。

「昼間、ありがとうございました。相談に乗ってもらって嬉しかったです」

「え？　話させたのは俺だったよね」

返答をもらって会話が合致すると、やっぱりシイバだ、と確信を得られた。

「いえ、俺聞いてほしかったんです。で、チャットに甘えたんですよ。面とむかってだったらたぶんなかなか言えなかったと思います。だからちゃんとお礼をくちでも伝えたくて」

照れ臭くて笑顔が強張った。賢司さんはぽかんとしている。

「一吹は律儀《りちぎ》だな」

「そんなことありませんよ」

救ってもらったことを文字と心のなかだけで片づけて、実際会って一緒に肩を並べているときにはうやむやのままっていうのが違和感だ。文字の世界からもう一度とりだして、ありがとうの一言ぐらい声で言っておきたかった。

「仕事のせいにはしたくないけど、俺は文字に甘えすぎてるかもしれないな。気持ちを直接伝えるのをなおざりにしてたところがあるから反省した。若いのに、一吹は偉いな」

賢司さんに真剣に頷かれて慌ててしまう。

「俺も普段は言葉にできてることの方が少ないですよ。でも、えーと……その、」

ああほら、言えない。言葉が喉《のど》に詰まる。詰まるほどに焦りが湧いてくる。

「その、ですね、」

「なに」と賢司さんが首を傾げる。ぱらと流れた前髪が艶《つや》めいて、綺麗で——勇気だせ、俺。

「他の誰より、賢司さんには、伝えることを……なおざりに、したくないんです」

初めて名前で呼び合えた人だった。俺の寂しさに気づいてくれた人だった。希望をくれた人だった。だから。

アナウンスが流れたのと、賢司さんの顔に笑顔がふわと広がったのが同時だった。

「そうだね。お互い特別になろうって約束したしね」

きっと目もあてられないほど赤面しているはずの俺に、賢司さんは変わらず微笑みかけてくれる。伝えあぐねればこの表情と返事をもらえなかったんだと思うと、喜びが溢れでた。

「はい」

声が弾んだ、と自分でわかった。

やがてバスが到着すると、賢司さんと並んで暗いおぼろ坂をのぼった。バス停から三分とからない場所にある二階建てアパートへ案内されて、階段を上がる。

「副社長のくせにアパートかよってがっかりしたでしょう」

「いいえ。大学からここだって聞きましたし」

「あれ。みんなうちにくるとばかにするんだけどな」

家は最上階の角部屋だった。玄関から短い廊下を通ってすぐ、だだっ広いリビングに着く。シイバのモノトーンの部屋に似ていて、中央に透明テーブルとソファー、そのむかいに液晶テレビ、奥のバルコニーの側に観葉植物があった。さっぱりしていて物の少ない清潔な部屋だ。

母さんと部屋探しをしていたときにこの近辺もまわったから、南むきだろうと察しもついた。

「ばかにはしませんけど、賢司さんはコンクリート打ちっ放しの家に住んでるイメージはありました」

「なんで？」

「お洒落で格好いいから」

「打ちっ放しは不便も多いって聞くよ。夏は暑くて冬寒いとか、湿気でカビがすごいとか」

「知ってるってことは住みたくて調べたからじゃないんですか？」

「ばれたか」

田舎者は格好いい外観に憧《あこが》れるんだよ、と言いながら賢司さんがソファーに座るよう促してくれる。俺が笑って腰を下ろすと、彼も横に並んで『かすが』のお弁当を用意してくれた。

麦茶もいただいて食事を始める。白米の横に鰤《ぶり》のみりん漬け、里芋《さといも》の煮物、切り干し大根のきんぴら、小松菜《こまつな》のおひたし。ひとつひとつの作りに、味に、手作りの温もりを感じる。

「まさに家庭の味ですね。すごく美味《おい》しいです」

「でしょう？　全部おばちゃんとおじちゃんの手作りなんだよ」

「おじさんもいたんですか？」

「いつも奥で料理してるね。寡黙《かもく》で滅多にしゃべらない」

「へえ、格好いい」

「一吹はすぐ格好いいって言うな」

格好いいですよ。なんなら貴方《あなた》の細長い指が正しく箸《はし》を持っているようすも。

「賢司さんは夕飯を作ってくれる彼女はいないんですか」

よくよく考えてみれば不思議だ。容姿も性格も地位も申しぶんのない賢司さんが、金曜日の夜にひとりでＤＶＤを観るつもりだったなんて。

「長いこと独り身だよ」

「意外。モテそうなのに」

「理想が高いんだろうな。一生添《そ》い遂《と》げたいと思えるかどうか厳しく見るから」

「一生か……堅実なんですね」

次の恋愛では確実に結婚を考えているってことだ。

「一吹は？」

訊き返されて、話を合わせる。

「いるように見えますか」

「見えるよ。美少年だし誠実だし一緒にいて落ち着くし」

「全部初めて言われましたね」

賢司さんがふっ、と口内の物を噴きだしそうになって顔をそむける。

「そうやって冷静に突っこんでくるところもいいよ。かと思えば人のことじっと見て〝話したい話したい〟って訴えてきたり〝他人と打ち解けられない〟ってぺこっとへこんだり〝チャットに甘えたら卑怯〟って真面目に考えてたり。魅力しかないよね」

賢司さんには俺がそんなふうに見えているのか。納得する一方で、羅列されたものに暴かれた自分の無意識の一面を自覚して、このまま床に埋もれて消えてしまいたくなる……。

「それ……相手が賢司さんだからっていうのが大きいと思います」

「俺？」

「言ったじゃないですか。学校ではまわりの会話にもついていけないんです、俺」

貴方と接したことで生まれた自分、でしかない。賢司さんだけが知っている俺だ。

箸を左手に持ちかえて麦茶を飲む。賢司さんの視線が痛い。

「一吹は大人なんだよ、俺も勉強させてもらえるぐらい。きっとすぐ可愛い彼女ができるし、一吹も大事にするんだろうなって想像できる。一吹の彼女になれる子は幸せだよ」

人を幸せに、なんて具体的にどうすればいいのかわからないから実感も湧かなかった。

しみじみ微笑む賢司さんの目が俺を遠い場所へ追いやっているのがなにより嫌で、茶化してごまかす。

「痴漢に遭ってる男子高校生を笑う人の発言じゃないですね」

「わ、もうそれいいって一吹が言ったのに」

　真剣だったのになあ、と苦笑しながら残念がられて俺は、真剣にならなくていい、と思う。できもしない俺の彼女に、賢司さんは真剣にならなくていい。

「そういえば、賢司さんは〝首狩り坂〟って知ってますか？　おぼろ坂の別名らしいんですけど」

「なに？　ずいぶん物騒な別名だね」

　賢司さんが最後までとっておいたひとつだけのミートボールをくちに入れて、お弁当の包みをたたむ。俺も残ったきんぴらを食べて片づけつつ、林田から聞いた例の曰くを教えた。

　簡単に説明して「霊云々《うんぬん》はともかく、ストーカーって身近にもいるんだと思うと怖いですよね」と締め括《くく》ると、賢司さんが表情をなくして麦茶をすすり、

「……それ、たぶんうちの姉貴だよ」

　と言った。

「え」

「死んではいないけどね。この坂を歩いてるときに背後から腕を切りつけられた。それが〝首〟になっておまけに霊になってるのか。噂って残酷だな」

　亡くなっていない、と聞いて安心はした。でも賢司さんの表情はかたい。

「うちの姉貴は十九でデキ婚したんだけど、姑《しゅうとめ》にえらい嫌われていじめられて、それを俺たち家族にも黙ったまま四年間耐えたんだよ」

「嫁いびり、ですか」

「すごかったらしいよ。料理作っても不味《まず》いって騒がれた挙げ句に捨てられたり、尻軽女だって罵《ののし》られたり」

「そ、そんな嫌味を言われるんですか？」

「信じられないよね。結局子どもは流産してそのときも責められたみたいだけど、姉貴は〝お義母《かあ》さんも寂しいんだ〟って必死に我慢したらしい」

「酷い、お子さんまで亡くしてるのに責めるなんて……寂しさは言い訳になりませんよ」

「……ン。離婚の決定打になったのはうちの親父の病死だよ。姉貴、姑に『あんたはうちに嫁《とつ》いだんだから葬式に行く必要はない』って言われてとうとう限界がきて『じゃあ離婚させてください』って逃げ帰ってきた。でも離婚したらしたで今度は元旦那がおかしくなったんだ。で、その〝首狩り坂〟に繋がるんだけど――」

賢司さんが麦茶をテーブルにおいて、バルコニーの方へ視線をむける。

「元旦那は自分の母親から姉貴を守れなかったくせに未練たらたらで、何度も実家に会いにきたし電話も手紙も凄《すさ》まじくてさ。警察も全然役に立たなくて、痺《しび》れを切らした俺が姉貴連れて実家をでたんだ。それで越してきたのがここ」

「お姉さんのために……？　大学生になったから越したんじゃ、ないんですね」

「うん。俺は二十歳《はたち》で大学二年だったよ。しばらくは姉貴と平穏無事に暮らしてたけど、深夜にふたりでコンビニにでかけたら、場所を突きとめて隠れてた元旦那が姉貴に飛びかかってきて——姉貴は精神病んだまま、いまも完璧には社会復帰できずにいる」

年齢から計算すると十三年前のことだ。賢司さんの口調は淡々としていたものの、瞳や気配に暗い影がある。昔の出来事、で整理できていない、現在も彼にまとわりつく過去。

「……すみません俺、なにも知らずに変な話をしてしまって」

賢司さんは目元の強張りをほどいて俺を見返す。

「俺が話したんだよ。さらっと言うつもりがなんだか愚痴《ぐち》っぽくなっちゃったよね、ごめんごめん」

辛気臭《しんき》くなっちゃったなあ、と明るく笑いながら、賢司さんは液晶テレビの前へ行ってDVDをセットする。屈《かが》む彼の背中も小さく見えるほど大きな液晶テレビ。あの隅にある観葉植物はゴムの木だろうか。

この広いリビングは、ふたりでいても黙ると途端にしんとした静寂が押し迫ってくる。

「俺はさ、」と賢司さんが言う。

「俺は二十歳の頃、自分はなんでもできるって信じてたんだよ。〝才能がなくても努力すればなにか得られる、得られれば無駄じゃない〟っていうポジティブな性格で、鬱々《うつうつ》悩むだけでなにも行動にうつさない奴は怠惰で自分の幸せしか考えてないんだ、とか考えててさ」

「はい」

「それがあの一件で全部覆《くつがえ》された。電話するといつも『結婚して幸せよ』って自慢げに笑ってた姉貴を、俺は叱りはしたけどばかにはできなかったし、人を守るには本当に才能なんか無関係で、得られたのも後悔だけで、全然、ちっとも前むきになんかなれやしなかったし……すごい息巻いて実家を飛びでたのにな。『俺が姉貴を守ってやる!』なんて母親に宣言して」

昼間もらった言葉が脳裏を掠《かす》めた。

『言わない覚悟をしたら同時に、相手を求める権利も失うんだよ。我慢は溝しかつくらない』

お姉さんのことでもあったんだろうか。家族に言わない、と我慢する覚悟をしたお姉さんは、賢司さんやお母さんに対して〝痛みに気づいてくれない〟と責める権利も、〝助けてほしい〟と請《こ》う権利も失って気丈に耐えていた。家族とお姉さんのあいだにできてしまった深い溝。

そんなお姉さんを救うために、賢司さんはここへ連れてきて自分が怪我《けが》をさせてしまった、と思っているのだ。さっきアパート暮らしをばかにされると言っていたけど、とどまり続ける姿に暗い後悔を感じるのは気のせいだろうか。

自責で己を苛《さいな》むためにここにいる。忘れないように。自分で、自分を許さないために。

「だからこう……俺は幸せな結婚して、幸せな家庭つくって、母親に孫の顔を見せて安心させてやらないといけないなって思うんだけどね」

「……はい」

小さく咳《せき》払いして、賢司さんが横に戻ってくる。

「ごめんね。話をするようになって間もないのに、いきなり打ち明けることじゃないよね」

「いえ」

俺を見つめて賢司さんは微苦笑した。

「一吹、左腕に傷があるでしょう？」

「え。あ……はい、あります」

「夏服の時期に気がついたよ。そのとき姉貴を連想して、傷痕を隠しもしないで堂々としてる一吹が印象的で、じつを言うと結構特別な気持ちで気にかけてたんだよね。俺は一吹と、姉貴のことや一吹の腕の傷の話をしたかったのかもしれないな」

慌てて両手を振る。

「俺のは全然たいしたことじゃないんです。うちは父親が暴れる人だったんでちょっと怪我もしましたけど、とっくに離婚してるから」

「暴れるってＤＶ？」

「いえ、ＤＶは大げさですよ」

「かなりざっくり切れてたし、大げさじゃないと思うけど」

「傷だけ大げさなんです」

苦笑いして否定しながら、傷や状況だけを話すと深刻に感じられてしまうことに心底困る。

いつもこうだ。母さんも俺も父さんを恨んでいるわけじゃないとどれだけ説明しようとも、相手は俺の奥に苦悩がひそんでいるに違いないという哀れんだ顔をする。表情で〝辛かったのね、話してもいいのよ〟と訴えてきて暴こうとさえする。暴けるものなんてなにもないのに。賢司さんが抱えている痛みとも比べものにならないほど軽傷なのに。

「賢司さんも深刻にならないでください」

「父親を嫌いたくないの？」

「嫌ってないんですよ」

「子どもに手を上げるような父親なのに嫌ってないって……？」

眉《まゆ》をひそめて顔を近づけてくるから、思わずそらして伏せてしまった。

「俺じゃなくて母親に辛くあたってたんです。とめようとしてあいだに入ったら、たまたま手が滑って、父親も傷ついた顔をしてたし、」

ふ、と賢司さんが停止した。

「一吹はちゃんと、守れたのか……」

失言だった。真っ先にそう思った。けれど賢司さんはまたすぐ表情を緩めて肩を落とし、

「俺が一吹に惹かれるのは当然なんだな」

とからっと笑う。左頬のえくぼがわずかに崩れた、哀しげな笑顔。

「ありがとう。一吹に聞いてもらってよかったよ」

撫《な》でるように肩を叩かれた。

「姉貴の子が生まれてれば一吹と同い年だったから、こうして横に座って一緒に話してると、その子が男で甥っ子だったならこんな感じだったのかなって考えるよ。一吹みたいにお母さんを守れる立派な子に育ってくれたかな。……だといいな」

微笑む賢司さんの目元が泣きそうに歪む。……甥っ子。

光栄な、言葉のはずだった。でもその瞬間胸を貫いたのは、確かに冷たい絶望感だった。

「そうだ一吹。俺と一吹で、どっちが先に彼女をつくれるか競ってみようよ」

「彼女……ですか」

「競うって表現はよくないか。要はお互い恋愛に目をむけて、一緒に自分を変える努力をしていこうってこと」

「恋愛をして、自分を変える努力……」

「うちは母親がまだ姉貴のことで沈んでるから安心させるためにも結婚相手を探すし、一吹も人付き合いの苦手意識を克服して信じ合える彼女をつくってごらんよ。一吹が同じ目標を持っていてくれると、俺もいままで以上に真剣になれるから」

信じ合える彼女と、母親も安心させられる結婚相手。

賢司さんは一切《いっさい》の邪気《じゃき》なく微笑んでいる。いい提案をした、お互いに幸せになれるはずだ、ここから人生をやりなおせる、と一ミリも疑っていない笑顔。

「……はい。わかりました、努力します」

どうして俺は、賢司さんに拒絶されたような気分になっているんだろう。

ＤＶＤを観終わると、賢司さんは「泊まっていけば」と誘ってくれた。けどそこまで甘えるのはまだはやいし、なんとなくひとりになりたい心持ちでもあって遠慮した。

そして家をでる段になって玄関先へ行くと、今度は「送るよ」と当然のことのように一緒に靴《くつ》をはく。「すぐ目の前のマンションですから」と断っても「なにがあるかわからないでしょう」と言う。

「男も痴漢に遭う時代だしね」

笑って俺をからかいながら、バス停のところまで送ってくれた。優しく微笑して右手を振っている。マンションのエントランスに入る前に振りむいたら、まだそこにいた。

お姉さんのことがあったからですか——無論そんなことは訊けなかった。きっと、訊くまでもなかった。

月曜日の朝、バスの発車寸前に駆けこんできた賢司さんは定期を提示すると一番うしろの席までまっすぐ進んできて俺の横に座った。

「スマホ忘れそうになって焦った焦った。おはよう、一吹」

乱れたストールを巻きなおして苦笑いする。お洒落な服や細長い指からいつもより濃く香水のいい匂いが浮かんできて、俺は一拍遅れて「おはようございます」と挨拶をした。

「本読もうとしてた？」

手元に伏せていた文庫本を指摘されて、「いえ、いいんです」と鞄にしまう。

「邪魔なら言ってね」

「平気です」

「そう？」

賢司さんに会えないならと、しかたなく読もうとしていただけだから。

「俺、一吹の読書時間を減らしてるよね」

「たいして貴重な時間じゃないですよ」

どちらかというと賢司さんと話す時間の方が大事だし。

「でもあ行の作家から制覇しようとしてるって言ってたでしょう？」

「ああ、まあそうですけど……学校でも家でも暇はありますから」

ふうん？　と曖昧《あいまい》に納得して、賢司さんが微苦笑する。

「迷惑じゃなければいいんだけど」

ないですよ。なんなら金曜の夜に別れた直後から、もう話したかったですよ。泊まればよかった、と土日のあいだにも何回か考えた。で、『アニマルパーク』ばかりいじってました。

「そうだ俺、ソラの服いろいろ買ってみたんです」

「お、じゃあ見せてもらおうかな」

スマホをだして賢司さんの方に傾けた。『アニパー』を起動すると、フードファーつきの黒いコートに臙脂色《えんじいろ》のコットンパンツと茶色のブーツを身に着けたソラがいる。

「本当だ、可愛い可愛い」

「あと赤と黒の眼鏡と、ニット帽とキャスケットも買いました」

「お金足りた?」

「これでゼロです」

「だろうね。ミニゲームしてたらまた貯まるから遊んでみるといいよ」

賢司さんと話したいだけだからこれ以上お洒落には拘りません、と遠慮したかったけど、俺はなぜか、

「時間があったら、試してみます」

と無難な返答をしていた。

……さっきから俺、言いたいことを全然言えてないな。

「賢司さんは課金してるんですか？」

「んー……？　俺はほら、裏で悪いことできるからね」

「あ、狡い」

ははは、と笑ってくれる賢司さんを観察して、この明るさも無理してつくっているものなんじゃないかと勘ぐってしまう。四六時中沈んでいるわけでもないだろうに。

この人を、俺は元気づけられなかった。自分は林田たちのことを相談して救ってもらったのに、一緒に彼女をつくるという約束でしかこたえられなかったのだ。十三年もの長い苦悩を背負っている大人に、十七年しか生きていないガキの自分が言える励《はげ》ましなんて全部陳腐《ちんぷ》な単語の羅列にしか感じられなくて、どの言葉も喉に詰まるだけだった。そのくせ嘘をついている。

俺には〝彼女〟をつくれない。……気が滅入る。

「ね、一吹」

賢司さんが俺に近づいて声をひそめた。

「朝って話したらいけない空気があるよね。みんな静かで、会話してるのも俺たちだけだよ」

「あ……はい。わかります、その空気」

車内のシートをまばらに埋める乗客は、沈黙が礼儀だとでもいうような厳しい表情で揺られている。夜の賑やかな開放感と朝の無言の緊張感はくっきり対照的だ。

けど俺は賢司さんと話していたい。と、そんな甘えた好意を言うのも憚《はばか》られる。

「──ねえ、ちょっといい？」

突然、前のシートに座っていた子が振りむいた。……あ、化粧する女子高生。

「一吹っていう名前なの？　このあいだここで痴漢退治したよね」

「……。したね」

なんでそれをわざわざ、と訝しんだら、彼女はにこっと笑って、

「ありがとうね。あたしもあいつに痴漢されたことあったからお礼言いたかったんだ」

と小首を傾げた。

「そうなの？」

「うん。雨の日って混むじゃん。そんで痴漢されると絶対あのハゲなんだよね。でも怖くて言えなくてむかついててさ。一吹が退治してからあいつぃなくなったんだよ、ちょー嬉しい！」

……いつも化粧をしていて、妊婦に席を譲る優しさがあって、痴漢は怖くて撃退できないもののの、お礼はくちにできる女子高生、か。ドラマがまた進んだ。ちょっとびっくりだ。

横で「ひょろりんは女性もいいのか」と賢司さんが呟《つぶや》く。

「違うでしょ。〝男も〟いいんですよ」

「ああそうか。うーん……でも一吹は男でも可愛いからな」

「ばか言わないでください」

こそこそと的外《まとはず》れな言い合いをしていたら、また女子高生が乗りだしてきた。

「一吹、『アニパー』してるの？　あたしもしてるからよかったら名前教えてよ。あたしはチルだよ。あ、本名はミチルね。いま高一。一吹は？」

「俺は、えーと……高二で、『アニパー』はソラって名前でやってるよ」

「先輩なんだ！　ちょっと待って、いまソラのこと検索する」

彼女はきらきらデコレーションされたスマホをタッチして「あ、見つけたかも。ぼろぼろウサギのソラ？」と笑う。

「可愛いー！　友だち登録していい？」

この状況で断る方が難しい。

「いいよ」

「ありがとう！」

すぐに俺のスマホがぽこんと鳴って友だち申請が届いた。チルはピンク色の可愛いネコで、許可すると友だちリストに加わった。シイバの下の欄に。

「あたしはだいたい夜にログインしてるの。一吹は？」

「とくに決めてないよ」

「じゃ、オンラインになってたらあたし会いに行くね！」

彼女は賢司さんに目をむけない。

この人も『アニパー』をやってるし、それどころか経営者で……と道連れにしてやりたくて賢司さんをうかがったら、彼はにっこにっこ満面の笑みを広げて俺を眺めている。

バスが駅に着いて彼女と別れると、

「このモテモテ君っ」

と楽しそうに肘《ひじ》でつついてきた。

「まずいなあ、一吹の方が先に彼女できちゃいそうだな」

「やめてくださいよ」

「だってあの子一吹しか見てなかったでしょう。前から一吹のこと好きだったんだろうね」

「まさか。ていうか好きになるなら賢司さんを選ぶでしょ。お洒落で格好よくて車内で目立ってるし、大人だし。俺をダシにして賢司さんに近づこうって魂胆《こんたん》かもしれませんよ」

「一吹ー……見てなかったの、あの目。一吹大好き光線だしてたのに」

「知りません」

なんだ大好き光線って。

「はいはい、照れない照れない」

賢司さんは駅前の別れ道で足をとめた。

「名前で呼んでくれる特別な友だちが増えてよかったじゃないか。大事にしなさい」

にっこり微笑む頬が黄金色《こがねいろ》の太陽に照らされて、幸福の象徴のように輝いている。

こんなときだけ大人の口調になる賢司さんは、狡い。

登校すると林田に、

「河野、月曜の朝だっつーのに機嫌悪そ〜」

とへらへら迎えられた。腹立たしいよりは、こいつ結構洞察力あるよな、と唸って席に着く。

「林田、このあいだ言ってた首狩り坂のことだけど、」

「デたか⁉」

「ねえよ。あれデマだったから」

十年以上前の事件であること、切られたのは首じゃなくて腕だったこと、被害者の女性は生きていること、を教えた。今日はこの件を真っ先に言おうと決めていたのだ。

林田は大きく仰け反って「まじかよー……っ」とがっかりする。

「うわー……まじありえねえ〜……」

「落ちこみすぎだろ」

「楽しみにしてたんだよ肝試し〜……っ。女子がきゃーとか言って怖がんの見たかったのっ」

「サドか」

「ロマンだろ！」

「ばか、実際被害に遭った女性がいるんだから慎め」

あ、と一瞬心が躓《つまず》く。今回はスレートに咎めていた。賢司さんのことを思ったら、つい。

それでも林田は「だってよー……」と嘆く。ここまで大仰に落胆するほど女子と一泊するのが魅力的だったのか。

「泊まりにくればいいだろ」

誘うと、林田は「ふえ?」と腑《ふ》抜《ぬ》けた声をだした。

「もともと肝試しが口実だなんて百も承知だよ。好きにしなよ」

「いいの⁉ でも目的あった方が女子は誘いやすいんだよなあ～」

「無理なら、林田だけでもきたら」

「はあ?」

おまえとふたりでお泊まり会ってなにやんの? と、林田の顔に明々白々に書いてある。もちろん第三者がいて間が持っている関係なのは自覚しているけど、だからこそ俺にとっては〝友だち〟への大きな一歩だった。

「えーっと……誰も、捕まらなかったら、な?」

林田がたいそう困惑して愛想笑いするのがおかしくて、俺も苦笑して「うん」と頷いた。

席が窓際なので雲ひとつない水色の空がよく見える。ただただ青いばかりでなにもないから視線が遠くまで伸びない。澄んで綺麗な行きどまりの壁みたいだ。

彼女か……。

午後、昼食を食べ終えてまたぼんやり『アニマルパーク』を起動したら賢司さんがオンラインだった。迷って、すこし考えたけど会いに行ったら、思いがけず先客がいた。白いつり目美人のトラで、シイバと並んでソファーに座っている。

――『あ、じゃあわたし帰るね。今夜きてね、楽しみにしてるから』

彼女が俺に遠慮してくれたようすでソファーを立つ。

――『考えておくよ』

シイバがこたえると、ばいばいと手を振って姿を消してしまった。

――『すみません俺、邪魔しちゃいましたか』

――『いいよ。一吹がきてくれて助かった。オフ会に誘われてまいってたんだ』

――『オフ会？』

ネットで知り合った仲間と会って遊ぶことだよ、と補足してくれる。

――『シイバは社内でも利用してるけど一応プライベートアカウントなんだよ。気をつけてたつもりが些細なきっかけで交流が生まれちゃって、まあ市場調査を兼ねて、なんて話してたら、こう、あれよあれよとグループができちゃって』

――『行きたくないんですか』

――『仕事からなにからたくさん嘘ついてるしね』

――『どんな嘘ですか？』

──『二十三歳のニートで引きこもりでネットゲームオタクで二次元にしか興味ない童貞』
ふっ、とスマホ片手に吹いてしまった。
──『真実がひとつもないじゃないですか』
──『日中もログインしてる時間が長いし、ネットゲームには仕事柄詳しいし、恋愛に無関心ってアピールしたかったしで、そうなりました』
──『ネットって怖い』
──『同意する』
まったくとんでもない嘘つきだ。『アニパー』には交流広場がいくつかあるから一度ぐらい行ってみたいと思っていたけど、プロフィールに関しては疑心暗鬼《ぎしんあんき》になりそう。隠せないのは性格と心だけ。そこはリアルも文字の世界も同じだろうが。
──『さっきの白トラさんは賢司さんに会いたそうでしたよ』
──『彼女は二十五歳の看護師なんだよ。夜勤明けだと日中いるから仲よくなった』
──『趣味が合ったりするんですか?』
──『俺はネットゲームオタクですよ? 趣味っていうよりは、彼女の悩みを聞いているうちに親密になった感じかな』
自分が賢司さんに寂しさを見抜かれて泣きそうになったことや、もらった言葉の温もり、強さを思い出す。あんなことをされれば、そりゃあ親密にもなってしまう。

――『知り合ってどれぐらいですか？』
――『半年だね』
――『長い』
――『ネット上の時間の流れはやいから、もっと長く付き合ってきた気もするよ。仲間は彼女も含めて五人なんだけど、オフ会自体すでに何回もやってて俺だけ行ってないんだよね。そろそろ限界だろうな』
関係を切るか、深めるか、と賢司さんが独白のように洩らす。
――『賢司さんは白トラさんのことを好きなんですか？』
――『彼女が好意を持ってくれているのは知ってるね』
――『悪い男ですね』
――『誠実でいようとしたらこうなったんだよ』
――『誠実な人にはうしろめたいことなんかありませんよ』
――『すみません』
二十五歳の女性ってそれこそ結婚を考えたくなる時期だろうに、二十三歳の童貞ニートでもいいからリアルで関係を持ちたいと願うのは惚《ほ》れこんでいる証拠じゃないんだろうか。半年もずっと、ネット上のシイバの姿と優しい言葉だけを受けとめ続けて。
――『ひょっとして、他の仲間も彼女が賢司さんを好きって知ってます？』

――『オフ会で会ってるぐらいだからね。「はやく会ってやれ」ってからかわれてるよ。「童貞ニートにはもったいない美人だぞ」って』
――『もうカップルって空気じゃないですか』
――『だから困ってるんだよ』
彼女をつくろう、俺も結婚相手を探すよ、と言っていた賢司さんには、とっくに候補の女性がいたってことだ。今朝俺に『一吹の方が先に彼女できちゃいそうだな』と笑っていたくせに。俺が女の子と幸せになれるんだと勝手に決めて、勝手に喜んで、冷やかしてきたくせに。
――『一吹に怒られちゃったし、いい加減嘘ついてるのも辛いから行ってこようかねえ……。彼女つくる約束もしたしな』
文字が、胸の中心に刺さった。指先から体温がさっと引いていって不可解な危機を予感する。賢司さんが、遠くへ行ってしまう。
――『賢司さんがシイバ似の副社長だって知ったら、もっと好きになっちゃいそうですね』
――『そこに惚れてもらっても嬉しくないな』
――『性格だって充分好かれてるじゃないですか。童貞でニートですよ?』
――『童貞でニートで、ロリコンのウサ耳好きだよ』
――『最悪です』
嘘ばっかり。ネットでもリアルでも、嘘ばっかり。

――『年上の白衣の天使は好みじゃないですよって、さりげなく遠ざけようとしたんだよ』
――『最低です。狡賢くて、賢司さんが怖いです』
――『ネットではすべてに正直になればいいってものでもないんだよ。誰だってそれを承知のうえで慎重に行動してる』
――『けど白トラさんは賢司さんに正直に接してたんですよね』
――『んー……情はあったよ』
――『情？　相手が惚れても優しいふりしてずるずる半年も放置した理由が？』
なに言ってるんだ俺。
――『……悪かったと思ってる』
でもほら、俺の言いぶんは正しい。そう確信したら文字を打つ指が乱暴になった。
――『大人はやっぱり裏がありますね。俺も賢司さんは優しすぎて変だと思ってたから』
――『やっぱりって……一吹に嫌われるのは辛いな。どうしたら信頼をとり戻せるだろう』
――『知らない』
駄目だ。顔が見えないから抵抗も怯《おび》えもなく非難できる。非難すればするほど苛立ちが増幅して、なんだろう、とまらない。
――『ごめんね。確かにここでは偽ったよ、ネットだからって狡さもあった、軽率だった。それは今日みんなに謝ってくる。でも一吹には嘘ついてないよ』

――『嘘をつかなくても、隠し事は上手そうです』
――『信じてくれないの』
姉貴のことも、と無言で責められた気がした。傷つけたかもしれない。真剣で、寂しげな一言だった。
――『そういうこと言うのも狡い』
なのにブレーキは利かなかった。
文字だけだと果てしなく非道になれてしまう。果てしなく、ばかになれてしまう。なにを急に怒りだしてるんだ、と自分でも自分がおかしいと思うし、嘘つき呼ばわりできる立場でもないのに。こんな暴言だって、目の前にいたら絶対言えないのに。
今夜賢司さんに彼女ができるかもしれないことを、どうして喜べないんだろう。行けばいいよ。誰かのものになればいいだろ、この大嘘つき。そんな子どもじみた哀しみでいっぱいだった。

夜、スーパーのタイムセールで唐揚げ弁当を買って帰ると、無気力に食事して風呂をすましてベッドに転がった。本を読む気にもなれず、手持ちぶさたに『アニマルパーク』を起動して初めて交流広場に移動してみる。公園のような空間にいろんな種類の色と顔つきの動物が集まっていて、みんな会話したり遊具で遊んだりしている。

なにをするでもなくベンチに座ってみんなを眺めていたら、目がくりっとした黒ネコさんが近づいてきて『こんばんは』と声をかけてくれた。ああ、賢司さんが言っていた通り交流って意図せず生まれるものなんだな、と納得して『こんばんは』と返事をする。
男性アイドル好きだという黒ネコさんは中学生の女の子で、俺がアイドルに疎《うと》いと知ると友だちのあいだでどんな音楽が流行《はや》っているかとか、『アニパー』でどんな出会いがあったかとか、いろんなことを教えてくれた。
ここにもドラマがあるんだ。文字と文字だけの。
——『ソラはイケメン？』
——『言われたことないよ』
——『だからぼろぼろウサギなんですか？　笑』
——『うん、二枚目よりは自分に近いと思う』
——『あははははっ』
剽軽《ひょうきん》な子で楽しかったし、黒ネコの愛らしい容姿と言動だけで不思議と好感も持てた。
顔や声がなくともネット上で形成される印象、性格、個性、というものは確かにあるらしい。キャラを通せば自分の外見や素性を隠しおおせるところに大胆さも芽生える。リアルでは誰にも言えない苦しみを吐きだせてしまう気楽さも、ここにあるんだろうな。
賢司さんと白トラさんのあいだには、どんな半年があったんだろう。

──『ソラは好きな芸能人いる？　アーティストとか女優さんでもいいよ』

──『とくにいないな』

──『うそー。じゃあ好みはどんなタイプ？』

うーん……。

──『格好いい人、かな』

自分がゲイだと自覚したのは、ちょうど黒ネコさんぐらいの歳の頃だった。

辞書で卑猥《ひわい》な単語をひくのが流行った時期があって、仲間のひとりが選んだ〝オナニー〟の『自分で性器を刺激して性的快感を得る行為』という解説に戦いたのだ。せいてき……？　と。

それまで股間がむず痒くなるのはストレスや体調不良によるなにかだと考えていた。

小学生のとき母さんに『おちんちん気持ち悪いから治してくる』と宣言してトイレへ行った黒歴史さえある。男親や兄弟がいなかったうえに中学になるまで周囲に色っぽい話をする奴も皆無だったからか、自慰《じい》行為だと理解していなかった。

しかし〝治す〟事態に陥るのは大抵男の裸を見たあとで、興奮、も、していた。していたのは、なんでだ？　あの〝治療〟が所謂《いわゆる》〝オナニー〟で、俺の〝おかず〟にあたるものが男の裸なのだとしたら、〝性的快感〟を得ている俺はホモってことじゃないか……？

そう思い至ったときのショックたるや半端なかった。自分で自分に烙印《らくいん》を押した。俺は普通じゃない、男を好きになる欠陥品だ、と。とはいえ、女性の水着グラビアやAVを観ていくら頑張ったって性的快感には繋がらなかった。

性癖は修正できない。いまでは諦めているが〝正常〟を装うのは息苦しい。

白トラさんの解き放った悩みが、たとえばこんなふうに心の底で秘め続けられて石ころ並みにかたくなっていたものなら、それを溶かした賢司さんは間違いなく特別で別格だ。

しかも実際会えば恐ろしく格好いい。紛う方ないイケメンで、横にいるといい匂いがして常に余裕に満ちている。左頬にだけえくぼをつくって無邪気に、色っぽく笑う。きっと女の子が百人いたら百人全員好きになる男だ。

自分にとっても賢司さんが別格だからって、俺は結婚相手を探している異性愛者の彼を独占したくて女性に嫉妬《しっと》したんだろうか。これじゃ好きみたいじゃないか。不毛な恋愛はしないって決めて我慢してきたのに。ばか。情けないガキ。

――『ソラ、こんばんは』

そのとき、たたた、とピンクのネコが横にきてぺこっと挨拶してくれた。チルだ。

三人並ぶやいなや、黒ネコさんは空気を読んでくれたのか、

――『わたしそろそろ時間だから帰ります。しゃべってくれてありがとう！』

と手を振って消えてしまった。

『ごめんね、話の途中だった？』と申し訳なさそうなチルに、『そんなことないよ』とこたえる。そういえば夜にログインするって言ってたっけ。

ベンチにふたりで座って、『今朝はありがとうね』『ううん』と改めてひょろりんのことを振り返った。『〝ひょろりん〟ってあだ名つけてたんだよ』と教えたら、チルも賢司さんと同じように『ちょー合ってる！』と喜んでくれる。腹を抱えて笑う仕草つきで。

話題が流れるまま朝のバス内の雰囲気や互いの学校の話もした。文字を打ちながらの会話は時間を食う。気づけばすでに十一時をまわっている。

――『あたし高校に入ってあのバスに乗るようになってからソラのこと見てたよ』

見てた。

――『俺はチルを見てる男子高校生を知ってるよ』

――『え？　誰それ』

――『チャラ男っぽい奴。いつも携帯電話いじっててわりと男前』

――『茶髪の？　やだあの人、髪の毛がちがちにかためてて痛そうじゃん。凶器だよあれ』

そこまで尖《とが》っているのは知らなかった。

――『でもあいつたぶんチルのこと好きだよ』

――『えー……てかあたしいまソラにフラれたよね？』

――『ごめんね』

――『彼女いるの？』

――『いないよ』

――『ずけずけ言ううるさい女だからダメだったのかな』
――『チルの問題じゃない』
――『好きな人がいるの？』
頭に浮かんだのは賢司さんだった。
――『わからないけど、独り身でいたいんだよ。恋人って呼べる居場所に誰か入れちゃうとあとで傷つける気がする』
――『入れちゃうってひどい。人間扱いされてないじゃん。笑』
あ、本当だ。穴ぼこを埋めるための道具みたいな言い方をしていた。ごく自然に。
――『ごめんね』
やっぱり無理だ、女の子と付き合うのは。
チルが『ざんねーん。じゃーチャラ男にするかー』と冗談ぶって笑う。明るくて正直で、たぶんそれは俺の罪悪感をとり払うための気づかいでもある。チルに落ち度がないのは明らかで、おかしいのは俺だ。
――『ソラって今朝もいた会社員と急に仲よくなったよね』
会社員、という文字のむこうに賢司さんが透けただけでどきりとした。
――『あの人と仲よくなったのもひょろりん事件がきっかけだよ』
――『ふーん。話してて楽しそうだもんね。ソラが笑ってるの初めて見れたし。けどあたしあの人無理だよ。会社員となに話すの？』

え？

――『なにって普通に。ここのことも話すよ』

――『共通の話題があればいいけどさ、あの人大人じゃん。一緒にいてもつまらなそう』

うんざりしているのがありありとわかるから、文字を見間違えてるんじゃないかと目をぱちぱち瞬いてしまった。

――『つまらなくないよ。大人だから学べることも多いし』

――『楽しく話したいのに学ぶって面倒くさー。あたし年上より同年代の方がいい』

え、え、と頭のなかを疑問符が飛び交って、ほとんど混乱する。かろうじてチルの好みじゃないんだってことだけは無理矢理理解した。

――『好みっていろいろあるんだね』

――『そりゃそうだよ』

ソラのぼろぼろさが際立って、ベンチの片隅で途方に暮れているように見える。くちを結んで、項垂《うなだ》れて。俺の心情がまんま反映されたみたいに。

――『あーもうっ！　ごめんね、あたしこんなだからフラれるんだよね！』

突然立ち上がったチルが地団駄《じだんだ》を踏んで怒りだした。

――『あたしあの人に嫉妬したんだと思う！　ごめんね！　もう寝るよ～おやすみ！』

ばいばい、と手を振ったチルはそのままぱっと消えてしまって、呆然《ぼうぜん》ととり残される。嫉妬って漢字だとこんな字だったっけ、と抜けたことを考えた。

チルは嫉妬心を認めて謝罪までしてくれた。その真摯《しんし》な潔《いさぎよ》さのどこに嫌う要素があるだろう。賢司さんを非難して放り投げた自分の幼い愚《おろ》かさを、反省させられるばかりだ。

明日賢司さんに会ったら俺もちゃんと謝ろう。俺がばかだったんだってことを正直に言おう。

そう考えながら『アニパー』を閉じた。

マンションのエントランスをでると、停留所に到着しているバスが見えた。

慌てて走って乗りこんだら、車内の一番うしろの席に座っていた賢司さんの、まっすぐ伸びてくる視線に捕まった。ぴんと張った線で俺を縛りながら彼が頷く。おいで、じゃなく、きなさい、と命令されたのがわかって歩きだすまで、ほんのコンマ数秒だったと思う。

「おはよう一吹」

「……おはようございます」

横に座っても視線が痛い。先に謝ってしまおうと思って「賢司さん、」と言いかけたら、

「ごめんね一吹。昨日、本当に悪かった。反省してる」

と、いきなり頭を下げられて真っ白になった。

「言い訳はしないよ。一吹の言う通り、半年も人を騙《だま》し続けてた俺が不誠実だった」

「頭、上げてください」

「みんな哀しんでた。ネットはこれだから嫌だなって笑って許してくれたけど、薄情者だって散々からかわれたよ。最初は多少の嘘や秘密があったとしても、ずっと仲よくしてきてそりゃないだろって。もっともだと思う」

賢司さんは恐ろしいほど真面目な面持ちをしている。一ミリも揺れない眼球に見返されて、俺もまた自責の念に駆られた。

「……いえ、すみません賢司さん、謝るのは俺の方です。俺、賢司さんに彼女候補がいるのを内緒にされてたのが嫌だっただけなんです。酷いこと言って本当にごめんなさい」

「俺は白トラを彼女候補だと思ってなかったよ。もしそうなら一吹にはちゃんと言ってた」

言われるのも嫌だな、とふと思った。

「一吹に対して裏はないってわかってもらえたら嬉しいんだけど」

「はい。すみません、あれもただの言葉の綾《あや》です」

「よかった……」と賢司さんが心から安心したように微笑んでくれる。心がなぜか痛かった。

「オフ会は、あまり楽しめなかったんですか」

「みんなに会えてよかったとは思ってる」

煮えきらない言い方だ。よかった、が、教訓になった、ともとれる響き。この人はもう二度と『アニパー』で友だちをつくらないつもりかもしれない。

「でも、その、白トラさんは賢司さんのことを、」

「ふられたよ」

「え、……どうして嘘をつくんですか」

「嘘じゃありません」

苦笑する賢司さんの表情は今日も溶けそうなほど魅力的だ。なのにふられる？　この人が？

「そんなことあるわけないじゃないですか。こんな格好いい人がきたら付き合うに決まってるでしょう？　童貞ニートとは月とすっぽんなんだから」

「いやいや……」

「どこにふる要素があるんですか？　容姿も仕事も言動も文句のつけようがないってのに」

賢司さんが右手でくちを押さえて、じっと俺を見据える。

「……あのね一吹。俺、一吹がそうやって褒めてくれるたびに結構照れてるからね？」

ずきっと胸を射貫かれた。その上目遣いと、物言いも、狡すぎる。

「余裕そうに、してるじゃないですか」

「してないよ。いまちょっとでもつつかれたら顔が緩んで大変なことになる」

つつく……。バスに揺られて、むかい合って、沈黙したまましばらく賢司さんのえくぼを見つめた。触ってみたい、と思ったときには、つついていた。指の先にくぼみが……。

途端に「ふっ、」と吹いた賢司さんが俯《うつむ》いて、肩でくっくっと笑いだした。髪の隙間から耳が覗く横顔の、鼻筋や唇や、全部に心が持っていかれて、なんだか。もう。

「……勘弁してよ、一吹」

こっちのセリフだ。

「まあ、ちょっと話がそれちゃったけど、俺はね――」

賢司さんの言葉の途中で、彼のスマホが鳴りだした。片手を上げて「ごめん」と断りをくれたあと、ジャケットの胸ポケットからだして「いまバスだから」と小声で応答する。すぐにでも切りたそうな渋った口調の彼に、それでも相手は強引に話を進めているらしく、「いや。だからさ、」と長引いていく。

やがて相槌しか打たなくなった彼をうかがっていると、ごめんね、と声なく謝罪をくれて申し訳なさそうな顔をした。いいえ、と頭を振って、また彼の横顔に見入る。

仕事の電話だろうと洩れ聞こえる内容から察せられた。そういえば今日は黒いビジネスバッグじゃなくて、すこし大きめの旅行バッグを持っている。どこかに行くんだろうか。忙しそうだ。

ぽつんとひとりになって車内を見渡してみたら、窓ガラスから射しこむ薄く白い朝日とバスのエンジン音、アナウンスだけの静けさに、久々に気がついた。

数席前にはミチルの背中がある。ミチルを見ているチャラ男も。

……ずっとこんなだったな。賢司さんと話すようになってから忘れていた。

こっち側、には戻ってきたくないと考えながら、横にいる賢司さんの気配に安堵する。この人を知ってしまった。彼のいなかった毎日は冷たく感じられる。もう引き返せない。えくぼをつついた自分の右手の人差し指を見下ろして、親指の先と擦り合わせてみる。感触や体温は記憶に沁《し》みついているのに、記憶は過去でいまではないから幻《まぼろし》だ。幻はとり戻せない。ちょっと虚しい。

茫洋《ぼうよう》と物思いに耽《ふけ》っているうちに、バスは駅に着いてしまった。

賢司さんは降車すると苛々したようすで「切る。すぐ行くから」と無理矢理に電話を切って、「ごめん、一吹」

と俺を覗きこんだ。

「じつは俺、今日から出張で来週まで戻らないいんだよ。いまから『アニパー』にきてくれる? 別れたらすこし話そう」

「わかりました」

「じゃあとで」

身を翻すと、彼は颯爽《さっそう》と駅の改札へむかって行った。

……出張。来週まで戻らない。そうか、明日は会えないいんだな。スマホをだして歩きながら徐々に理解する。明後日も、明明後日《しあさって》も会えない。

そうして『アニパー』を起動したら、ソラの部屋にシイバがいた。
――『はやい』
俺が呟くと、しばらくしてから、
――『いま改札通って電車待ち。一吹、ちゃんと前見て歩きなさいね』
と注意してくれる。『はい』とこたえて左右確認してから横断歩道を渡った。
――『ごめんね。携帯メールでもよかったんだけど、チャットの方がはやいかと思って』
――『大丈夫です。賢司さんこそ急いでるみたいだったのに大丈夫ですか』
――『電車に乗っちゃえば暇だから。一吹がホームルーム始まるまで時間ちょうだい』
――『はい。じゃあ賢司さんがなんでふられたのか聞かせてください』
――『そこですか』
『蒸し返さなくていいのに』と言う賢司さんに『だって信じられないんですよ』と返す。
駅から徒歩五分の学校はすでに正面にある。他の生徒にぶつからないよう正門をくぐった。
――『原因は一吹もわかるでしょう。嘘をついたことだよ。裏切られてがっかりしたって。
あと年齢も服も香水も時計も嫌いって言われたな』
――『外見自体、好みじゃないってことですか？』
――『自分は夜勤があって肌もぼろぼろだから、綺麗にしてる男は気が引けるって。童貞
ニートのゲームオタクの方がまだよかったみたいだよ』

チルの〝大人はつまらない〟発言もそうだけど女性の好みは謎すぎる。チャットで好感を持っていたわけだし、その相手がこの人だったら俺なら神さまに感謝して絶対に逃さないのに。

――『一吹のことも訊かれたよ。「昼間のぼろぼろウサギの子が彼女なの？」って』

――『俺男です』

――『そう教えても「可愛い？」って追及してくるから「痴漢も認める可愛さだね」ってこたえておいた。俺までひょろりんみたいに男にも手だしする変態だと思われたのかな？』

男に手だしする変態。

表示された言葉に意識を呑みこまれて、周囲の音や声が遠ざかった。ふっと文字が消えると、再び現実に戻った。ほんの数秒間のことだった。

――『可愛いなんて、言わないでくださいよ』

上履きにはきかえて地面を踏みしめる。

――『はは。「ぼろぼろさんは本当のシイバのことを知ってるんだね」とも言われて、否定しなかったよ。一吹に対する接し方は彼女たちとはまったく違うって自分でも考えてた。俺にとってチャットとリアルは別物なんだよ』

本当のシイバは俺が毎朝バスに乗り合わせていた、痴漢に遭う高校生を笑って、お姉さんに関する深い後悔と傷を抱えている、お洒落会社員の賢司さんなのか。

――『俺は賢司さんとバスで知り合えて、運がよかったんですね』

騒がしい教室へ入って席に座った。今朝は林田がいない。ホームルームまであと十分弱。
――『一吹。俺は毎朝バスで見かけていた一吹だから話せたことがあるんだよ。わかる？』
――『腕の傷があったからですね』
それにはこたえずに、彼は続けた。
――『一吹とはこれからも正直に付き合っていきたい。信じてくれるかな』
一吹だから、と言ってくれる賢司さんの信頼にこたえたかった。こたえられる自分になりたかった。彼女をつくる約束にもこたえられる自分として、生まれてきたかった。
――『嬉しいけど俺は力不足なので、頑張って補っていきます』
――『力不足？』
――『このあいだ賢司さんがお姉さんのことを話してくれたときも、俺は励ませなかった』
――『俺は聞いてもらって嬉しかったよ。もしかして悩ませてた？』
――『自分がガキだって思い知ったんです』
――『やっぱり一吹には本物の誠実さがあるね。ガキだなんて思えない』
――『ガキです』
――『波長なのかな？　甘えたくなるよ。悩み事を一緒に持っていてくれるだけで安心する。普通はネットで知り合った仲間の方が気は緩むんだろうけどね。昨日白トラにも「顔が見えないから箍《たが》が外れるんでしょ」って言われたし』

賢司さんの信頼が嬉しい反面、辛い。父さんがくれた名前の由来にある、まじないめいた祈りにさえ縋《すが》りたくなった。なんで俺はガキでゲイで、この人を裏切るものしか持っていないんだろう。

――『ありがとう一吹。この会話、ちゃんとくちでしたかったな。今日はばたばたしてたから無理だったけど、次に会ったら信じてほしいってことはもう一度言うよ』

――『いえ、いいですよ』

――『一吹も伝えることをなおざりにしたくないって言ってくれたじゃない？』

そうだけど、でも。

――『照れるからいい』

間があった。

――『いまどんな顔してるの？　ひょっとして赤くなってる？』

息苦しい。

――『すこし、赤いかも』

――『絶対言おう』

――『やめてください』

――『可愛いね一吹』

賢司さん、ごめんなさい。俺また嘘ついた。照れたんじゃない。本当は泣きたい。

――『もう授業始まるから閉じます』
――『逃げたな』
――『出張先で体調崩さないように気をつけてください』
――『ありがとう。一吹も気をつけてね。俺がいないあいだ泣いてくれたら嬉しいな』
――『はい』
――『はいって。笑』
――『賢司さんが言ったんでしょ』
――『ばか野郎って怒られるのを期待したんだよ。可愛いな本当に。なに食べたらそんなに可愛く育つんだか』
――『「かすが」のお弁当』
――『俺が可愛くなってないからそれは嘘だな』
この会話を切ったら、次はいつ会えるんだろう。
――『ごめん、長引かせちゃったね。俺もそろそろ乗換駅だ』
――『はい、じゃあ』
――『またね』
――『今夜ほんとに「かすが」のお弁当食べます』
チャイムが鳴った。なのに咄嗟に会話を繋いでしまった。

——『羨ましいな。おばちゃんによろしく伝えておいて』
——『はい。じゃあまた』
手を振って別れる。シイバが消えてから自分も落ちてスマホをしまったら、同時に担任が教室に入ってきて「起立」と声がかかった。
礼、着席、と続いてホームルームが始まっても意識が宙をさまよっていた。余韻が消えない。見ていた賢司さんの文字が声になって聞こえる。あの大人っぽい甘い笑顔とえくぼが見える。胸の内側を、苦い棘《とげ》が刺し続けている。

夜六時に『かすが』へ行くと、

「一吹君いらっしゃい」

とおばさんが元気に迎えてくれた。名字しか名乗っていなかったような、と首を傾げたら、おばさんはお弁当を用意してくれながらにっこり続ける。

「昼間シバちゃんから電話があって、今夜一吹君がくるって聞いてたんだよ。ありがとうね」

「賢司さんから?」

「これおまけで入れてあげてって頼まれたの。うちの隠しメニュー、牛乳プリン!」

じゃん、とかかげられたおばさんの手に、透明の丸い使い捨て容器に入った白いプリンがある。美味しそう。

「お弁当代もシバちゃんのおごりだっていうから、お代は気にしないでね」

「え、なんで、」

「いーからいーから、食べさせてもらっちゃいな。ご飯も大盛りにしといてあげるね。若いんだからいっぱい食べないとね！」

言いながら、おばさんは混ぜご飯をもっさり盛ってくれる。……賢司さん、出張先からわざわざ、こんな。

「……一吹君、シバちゃんとどこで知り合ったの？」

おばさんの声が低くなった。

「通学のバスです。家もバス停を挟んでむかいで、ご近所さんっていうか……」

「そっかあ、なるほどねえ……シバちゃんたまに友だち連れてきてくれるけど、一吹君みたいに若い子は珍しいなって思ってたのよ」

友だちといっても、傍《はた》から見れば違和感はあるよな。

「このプリン、シバちゃんの特別なんだよ」

包み終えてから、カウンター越しにおばさんが苦笑いした。

「とっても辛いことがあって、そのあとずっとこの世の終わりみたいに落ちこんでてね。おばちゃんがたまたま作りおいてたのをだしてあげたら、おいおい泣きながら食べてくれたの」

泣きながら。

「……お姉さんのことですか」

賢司さんが当時から通っている店ということは、おばさんも事件を知っているはずだった。

慎重に問うた俺に、おばさんはいっそうしんみりと話す。

「一吹君、やっぱり聞いてるんだね。あの子がこのプリンをあげてって言うぐらいだから、予感はしてたけど」

どうぞ、と袋を渡されて受けとった。

「シバちゃん昔は頭がよくて負けん気の強い子だったのよ。あ、頭がいいのはいまもだけどね。なんていうのかな、キリッとシュッとして、もっと溢れでる自信みたいなのがあって晴れ晴れしてて……それがあのあと、がらっと変わっちゃってね。しゃべらないし笑わないし、ずーんと沈みっぱなしで」

「はい」

「プリンあげた日は、人間ってこんなに泣けるの？　ってぐらい泣いてたわ。号泣《ごうきゅう》ってこういうことなのねってしみじみしたもの。だんだん立ちなおっていったみたいだけど、いまも『牛乳プリンちょうだい』って言うときは、あーなんかあったんだなって思ってるの」

この店のテーブルの片隅で、白いプリンを食べて泣く賢司さんを想像した。そんな大事なものがこの袋のなかにあるのかと思うと、言葉にし難い重みが掌にのしかかる。

「俺も大事に食べます」

おばさんがにっこり愛らしい笑顔に戻る。

「うん。シバちゃんにもよろしく伝えておいてね。今度はふたりで食べにおいで」

「はい。ありがとうございます」

店をでるとバス停まで歩いて、やがて到着したバスに乗って帰宅した。

駅の喧騒《けんそう》にもバスの揺れにも夜空の色にも、賢司さんを思い出した。

お弁当は混ぜご飯だけでもかなり満腹になったので、プリンはあとで食べようと決める。今日もひとつだけ入っていたミートボール。小学生のお弁当っぽいよな、と思いつつ賢司さんを真似て最後に食べてみた。手作りの、心と舌に染みる甘味。

『アニパー』を起動したけど賢司さんはいない。シイバの部屋に行っても当然いない。しかたなく風呂に入ってでると、母さんから電話がきた。

『数日どうしてた？　風邪ひいてない？』

もうすぐ期末試験があること、年が明けて一月になったら三者面談があることを話すと、

『帰国しようか？』と言うから断った。

「母さんが海外なのは担任も知ってるから大丈夫」

『志望大学は決まってるの？　来年からは予備校に行ったら？　それともこっちにくる？』

賢司さんの通っていた大学名が脳裏を過って、どうかしてるな俺、と息を吐《つ》く。

「海外で勉強したいことはないいし、日本の大学に行くよ。志望校と予備校のことは考えておく。

それと今月から俺の携帯電話の料金、ちょっと上がるかも。ごめんね」

『なに、彼女⁉』

「違うよ。ゲームみたいなの始めたから」

『やだ一吹～……本に携帯ゲームにってどんどん引きこもっていっちゃうじゃないのよ～』

反応の明暗が露骨すぎるだろ。

「友だちはできたよ」

『ゲームの友だちなんてできてどうすんの！』

ちょっとカチンときてしまった。

「なんて、じゃないよ。そのゲームを一生懸命作ってる人もいるんだから」

『ん～？　ゲーム作りにでも目覚めたの？』

「そういう仕事してる人と知り合いになっただけ」

『やだ、大丈夫？　危ない人じゃない？』

「素敵な人」

お～？　と、にやけているのがわかるおだてが入った。

『一吹が褒めるって珍しいね。その人のこと好きなんでしょ～？　恋？』

会っていなくても表情を鮮明に思い描けてしまうのは不便だ。くっきり持ち上がった眉、心底楽しげに引かれた唇。親相手だからこそ恋愛話はしたくない。

押し黙っていると、『ふふ』と笑って話題を戻してくれた。

『携帯電話はいいのよ。一吹のは使い放題プランだから好きにしなさい』

「そうなんだ、よかった」

『じゃあ面談は見送らせてもらうけど、年末はまたおじいちゃんたちの家で会おうね』

「わかった」

愛してるよ、といつものように言い合って電話を切った。

冬休みには母さんの田舎に数日宿泊して、祖父母と年越しをするのが俺たちの常だ。日程が決まったら母さんも俺も直接祖父母の家へ行く。

母さんはこの家にあまり寄りつかない。ほとんど暮らしていない家でも特別な思い入れがあるようで、以前ぽろりと『あそこに行くと戻りたくなくなりそうな気がするのよね』と洩らしていたことがある。なぜか印象的で、そのときの物憂《ものう》げな瞳ごとたまに思い出すほどだ。

母さんにとって海外赴任は空気椅子に座っている感覚で、この家に戻ってきてやっとベッドに倒れこむような安心感に包まれる、ってことなのかもと考えたりする。帰る家、というのは誰にとっても必要で大切なものなのかもしれない。

俺と母さんのふたりだけの家。ふたりだけの母子《おやこ》。

万引きをするのと男を好きになるのとでは、どっちが罪深いんだろう。

悪くなれ、と言う母さんは、どっちの悪さを歓迎するだろう。どっちなら、許すだろうか。

賢司さんと同じ大学へ行って、賢司さんと同じ業界で働く自分を想像してみる。彼がいた場所、いる場所、で存在を感じながら自分の未来を構築していく日々。とても充実していて明るいもののように感じられる。俺にとっては。

また『アニパー』を起動してみた。けどシイバはいない。

しかたなく図書館で借りた本を読んでいたら、日付が変わる頃に携帯メールが届いた。

『まだ起きてたら「アニパー」においで』

賢司さんだ。本を閉じて『アニパー』を起動するとシイバがソラの部屋にいた。

――『はやい』

シイバが言う。今朝の俺の真似っぽく。

――『こんばんは、お疲れさまです』

――『うん、こんばんは。いまやっとホテルにチェックインしたよ』

――『ずいぶん遅くまでお仕事だったんですね』

――『酒も呑んだから。疲れてPC見たら一吹がシイバの部屋にきてくれた履歴があって』

え、と声にだしてしまった。

――『履歴残るんですか？』

――『PCからだと確認できるんだよ』

――『俺、何回も行きました』

――『みたいだね。一吹の名前が並んでて、可愛くてしょうがないから呼びだしてみた』
顔が破裂しそうになって、思わず目を強く瞑《つむ》った。
――『気持ち悪いだけじゃないですか』
――『可愛いよ。だって朝も話したのに、足りないって感じでぽつんぽつん足跡だけ残していってくれるんだから』
――『「かすが」のお弁当ありがとうございましたって、お礼が言いたかったんです』
――『ああ。俺も紹介した店を気に入ってもらえて嬉しいな。牛乳プリン美味しかった？』
――『まだ食べてません。あとで食べます。大事に』
――『うん。すごく美味しいからぜひ。俺のプロポーズの言葉は「かすが」の牛乳プリンを一緒に食べてください、だから』
――『相手がいないのに言葉だけ決まってるんですね』
――『はは、手厳しいなあ。頑張って探すよ』
プロポーズ……その相手は賢司さんからプリンを食べて泣いた日の話を聞くんだろう。当然お姉さんのことも。男が自分の泣いた出来事を話す女性がどんな人か。考えるまでもないよな。
――『出張先はどこなんですか？』
――『大阪《おおさか》支社だよ。おみやげはなにがいい？』
――『いりません。元気に仕事をして、はやく帰ってきてください』

こんな言葉も、もしかしたら面とむかって言えないかもしれない。……というより、言える言葉が減っていってるのか。

――『ありがとう。一吹の気持ちには癒やされるよ。うちの社員なんかアレ買ってこいコレ買ってこいって騒がしいのなんの』

――『大阪は名物料理なら浮かぶけど、おみやげってわからないんですよ』

――『なあんだ、そういうことか』

――『物より、俺は賢司さんと話せる時間の方が欲しいです』

くちで言えないならいっそ甘えてしまおうか。ここでソラとしているあいだだけ思う存分、文字の気軽さに頼ってしまおうかな。

――『俺、一吹にそんなに楽しい話してた？』

――『はい。賢司さんが合わせてくれるから、どんな話も楽しいし落ち着きます』

――『合わせてるつもりはないけど』

――『自然としてくれているなら余計に、賢司さんと話したいと思うだけです』

話したいし、笑う顔も、真剣な顔も、泣き顔も、見たい。見せてもらえるぐらい賢司さんに頼られたい。他の人の前で泣く貴方や、慟哭《どうこく》した話をどこかの素敵な女性に吐露《とろ》する貴方を、本当は知りたくない。

――『なんだろう。ソラの一吹はいつも以上に可愛いね。酔っ払ってるし、いま横にいたらなにしてたかわからないな』

――『なにって、なんですか』

……抱き締める？　キスをする？　もっとそれ以上のこと？

――『さあ。なになら許してくれる？』

ひとつも嫌じゃない。きっと全部許す。でもそれが、意味のないただの戯《たわむ》れだと知っている。

――『最悪です。酔ってる賢司さんはろくでもないですね』

――『ろくでもないかー……ごめん』

謝らせてしまった。

――『べつに、嫌いには、なりませんけど』

――『じゃあ好き？』

酔っ払いは無邪気だ。父さんもそうだった。無邪気で残酷。

――『好き』

こたえてから一息遅れて、

――『です』

つけ足した。

文字のくせに伝えた途端胸の底から熱い開放感が湧き上がってきて、でもすぐそれを覆うほどの重苦しい辛さに猛然と襲われた。猛然と、寂しくなった。文字のくせに。

――『俺も一吹のことが好きだな。おかしいよね、話し足りないって俺も思うよ。今夜はもう一時になるからそろそろ寝ようか。一吹もゆっくり休んで学校に遅刻しないようにね』

たたみかけるように別れを切りだされて、ああ疲れているのに付き合わせてしまったんだ、と思った。自分には黄金色の輝きで見えた告白の二文字も、さらりと流されてやっと単なる黒文字でしかない虚しさに気がつく。あ、俺、男だもんな、と。

――『明日また時間が合えば話そう。連絡するよ』

――『はい。でも無理はしないでください。仕事頑張ってくださいね』

――『うん、ありがとう。おやすみ一吹』

おやすみなさい、賢司さん。丁寧に一文字ずつ打ちこんで送信してから手を振って別れた。スマホの時計は一時五分前を示している。

キッチンへ移動して冷蔵庫にしまっていた牛乳プリンをとりだすと、ダイニングテーブルに着いて食べた。真っ白い清らかなプリン。スプーンを入れると柔らかく震える。くちに入れたら冷たくて、頬の裏が痛むほど甘かった。胸にまで直接ずきりと響き渡る。

文字で交わした会話はまだ、頭にも心にも残っている。チャットをするといつもこうだな。賢司さん、と心のなかから呼ぶ。……賢司さん。

俺はばかだ。我慢も決意も計画もなにもかも無意味だった。

一緒に彼女をつくる約束は、もう絶対に守れない。

俺はいつか賢司さんに言われるんだろうか。

〝一吹、やっと好きな人ができたよ〟

〝牛乳プリン一緒に食べてくださいって本当に言った〟

〝彼女と結婚して幸せになる。一吹もはやく好きな人を見つけておいで〟

シュッとして負けん気の強い、自信に満ちた晴れ晴れしたオーラをとり戻した彼が見える。出会いさえあればあの人は変われる。きっと彼女を幸せにするだろう。心から愛するだろう。彼の新たな一歩は、家族の未来も切り開く華々しいものになるに違いない。

俺も嘘をつき通すわけにはいかないから、そのうち性癖について伝えるときがくると思う。この気持ちも恋愛なんですと、きちんと告げてその後気づかわせ続ける付き合いになろうとも、関係を断ち切りたくはないから友だちでいてほしい。

でもそうして傍にいられたとして、たとえば俺はいずれこう言うんだろうか。

〝結婚おめでとうございます〟

〝俺もはやく幸せになります〟

〝賢司さんのこともちゃんと、忘れます〟

ぽた、と白いプリンに涙が落ちた。これを食べて号泣したという賢司さんを想うと、もっと泣けた。甘くて、涙がまざると甘塩っぱくて、本当はこんなに塩っぱくないのにと思ったら、悔しくてまた泣けた。

本当は抱き締めたい。キスしたい。触りたい。触りたい、と賢司さんに想われたい。失恋に強くなりたい。耐えられる男でいたい。彼の幸せを第一に優先できる大人になりたい。好きになってしまった。もう彼を知らなかった自分には戻れない。

今朝はバスで読む本が必要だ。鞄に読みかけの文庫が入ってるから大丈夫だな。読み終えた図書館の本の返却期日が明後日だし夜返しに行くか。いや、今夜はさっさと帰宅しよう。賢司さんがいつ連絡をくれるかわからないから。

夕飯はなににしようかな。考えながら靴をはいて家をでる。空がどんより曇っていて気分もすこし下降した。通りを渡ってバス停の最後尾に並ぶと、何日か前に数人の後頭部の先にあった賢司さんの背中が頭を過る。風が冷たくて、セーターの薄い布越しに冬を感じる。そろそろマフラーをしないと。

バスがきて乗車するといつも通り一番うしろの席に座った。横にいない。すかすかな空間に違和感を覚えたそのとき、数席前で立ち上がった人が足早にやってきて俺の左隣を塞いだ。

「おはようソラ。……じゃなくて一吹」

ミチルだ。「おはよう」と俺もこたえると、ミチルは唇を引いてはにかむ。

バスが走りだす。

「今日はあの会社員いないね」

「来週まで出張だって」

「昨日聞いてたから知ってる。っていうか、あんたら小声でしゃべってるつもりだろうけどまる聞こえだから。いちゃいちゃすんなっつーの」

煙たがられて、賢司さんのえくぼをつついたのを思い出したらいたたまれなくなった。

「すみません」

「謝るのもやめてよ」

「ごめん」

ミチルが笑って俺の肩を叩く。

「そんなことより聞いて。昨日『アニパー』してたら例のチャラ男がきたんだよ」

「え、どうしてチルのこと知ってるの?」

「あたしたちの会話聞いてたんだって。んで、名前から検索したって」

そういえばチャラ男がいない。

「もしかしてミチル、告白された?」

「ふっちゃった」

だからか。

「あたし声でかいから盗み聞きはいいんだけど、『アニパー』までくるってちょっと嫌だ。しかもふったあとバスの時間変えてるし。チャットでしか言いたいこと言えないのかって思うとキモい」

……心に刺さります。

「文字だから言えることもあるんじゃないかな。バスの時間変えたのもそれだけミチルが好きだったってことでしょう？」

「えー、でもさあ一回も顔見てしゃべったことないんだよ？　そこまで惚れる？」

数回しゃべっただけで泣くほどのめりこむばかもここにいる。

「もともとミチルの外見が好みで、話してみて性格も想像通りだったとか」

「あたしいっつも時間なくてすっぴんでバス乗って化粧してるんだけど。性格もうるさいし」

「全部チャラ男には魅力だったんじゃない？」

「意味わかんない。女見る目ないね」

ばっさり切って捨てるミチルに驚いてしまう。

堂々とバスで化粧をして、妊婦に優しく席を譲って、俺が告白を断ったら『チャラ男にするかー』と笑って気づかってくれて、けれど好かれたら好かれたでとことん自分を扱《こ》き下《お》ろす。

傲岸《ごうがん》かと思えばちっとも自信を持っていない。てんで安定感のない多面体だ。

「チャラ男のキモさはともかく、なんでそんなに怒ってるの？」

「怒ってないし」

「不機嫌そうじゃん」

「べっつに。度胸のない男って大っ嫌いだからでしょ」

はーあ、とため息を吐いたミチルがシートに深く凭《もた》れて唇を突きだす。苛立っているような、つまらなそうな、物悲しそうな、そのやるせない横顔。

「もしかしてミチル、チャラ男に会いたかったの？」

「はあ⁉　ちっがうし、ばかじゃないの！」

大声で否定されて、またばしっと肩を叩かれた。大げさに否定するからこっちは確信を持ってしまう。

「今日は遅刻しただけかもしれないし、明日も待ってみようよ」

「待つってなに⁉　待ってないしっ」

「ごめん」

「……ただ、告白すんのにすごく勇気だしてくれたのかなって思っただけ」

ぼそ、と言うとミチルはそっぽに視線を投げた。髪に隠れて見えない顔が、どんな表情をしているのか。

〝声がでかい〟とか〝バス乗って化粧してる〟とか、自分のざっくばらんさを欠点として捉えておきながら恋愛にも果敢に立ちむかう。ミチルは可愛く振る舞えない自分に憤りつつも、弱くなりたくない、と踏ん張っているんだろうか。それすごくよくわかる。俺も同じだから。

「そうだよね……告白するのって勇気いるよね」

手元に視線を落とすと、賢司さんのえくぼの感触がふっと蘇った。

「やっぱり好きな人いたの？」

ミチルが俺を見返す。

「自分の気持ちに気づいたんだよ」

外の曇り空にも賢司さんを連想する。初めて彼の笑顔を見た日は雨だった。

大阪の天気はどうだろう。風邪をひかないで貴方が一日元気に仕事をできますように。辛いこともありませんように。傷つくことも、なにもありませんように。

「あ〜っ、ったくチャラ男の奴ちゃんとこいよ、腹立つ！」

ミチルが前列のシートを軽く蹴って車内の注目を浴びる。真っ赤になって焦りつつも強がってふんっとすましているのがおかしくて、吹きだしたらまた肩を叩かれた。


午後、食事を終えると雨になった。

「河野、傘持ってきた？」

「忘れた」

「だよなー。……つか昼休みまで勉強すんなよ、テンション下がるわ」

「家であまり試験勉強したくないんだよ」

朝のバスでも教科書を見なおしている時間はないし、とシャープペンを走らせて数学の問題を解きながら林田と話す。期末試験は来週に迫っている。

「ガリ勉だな〜河野は」

「おまえは試験平気なのかよ」

「徹夜すんよ」

「捗《はかど》るといいな」

「うるせー」

林田は俺の机に右腕で頬杖をついて騒がしい教室内を眺めている。半開きの目であくびをしては「ねみ〜」とぼやく。

「そういやさ河野、試験終わったら遊ぶ予定立ててんだけどおまえもこいよ」

「行く」

「合コン」

「やめた」

「だろーと思ったわ。なんなの、おまえはクリスマスぼっちでいいの？　性欲ないの？」

「クリスマスか……」

もうそんな時期か。去年は近所のいくつかの家がイルミネーションで飾りつけられていた。子どものいる家が多いのか地域ぐるみの習慣なのかは知らないけれど、初めて見る光景にすこし高揚した。高揚すると、孤独感もセットで湧いてくる。今年はどうなるんだろう。

「林田はクリスマスまでに彼女がつくりたいのか」

「つくりたいね、ああつくりたいね、ヤりたいね」

「五七五みたいに言うな。おまえヤる相手が欲しいだけかよ。合コンでおまえに好かれる女の子も可哀想だな」

「どうせ俺はモテねえよ。脳みそがつるっつるでなにも考えてなさそうだって言われたしな」

林田が珍しくいじけた顔をして俺の机に突っ伏す。脳みそつるつる、が応えたのか？

「それ誰に言われたんだよ」

「吉田《よしだ》」

「どこの吉田さん？」

「同じクラスだろばかっ」

そうか。同学年に吉田って苗字の女子はクラスにひとりだけいる。ギャル系のグループに属していて、化粧も髪も派手ながら童顔で前歯が特徴的でハムスターっぽい子。

「林田ってああいう子がタイプなんだ」

「好きって言ってねえだろっ」

「好きなんだろ？」

「告《こく》ってふられたんだよ。……ばかは嫌だっつって」

シャープペンを持つ手が無意識にとまった。ゆっくり瞬きして、目の前に突っ伏している林田のかたそうな髪を見下ろす。……話してくれた。恋愛の、プライベートな事柄を、こいつが。

「俺、なにか力になろうか」

ついそんなことを言っていた。

「合コンにこい」

「吉田さんは望み薄なのか？」

「ばーか。あっちは俺が告ったあと彼氏できちまったの！」

相手は、好きな人と幸せになったのか。

林田が辛い状況に陥っているると知っておいてけぼりをくっていたような焦りが生じた。親しくなりたいと思っていたしなんだかんだで会話する時間も多いのに、なにも知らなかったからだろうか。おまけに林田の辿った恋愛の末路も他人事とは思えない。

「もしかしておまえが合コンに行きたがるのも、失恋を忘れるために躍起《やっき》になってるから？」

「悪《わり》ぃか」

……そうだったのか。

「なら行くよ。数合わせぐらいにはなるだろ。おまえの失恋祝いしてやる」

「ほー、そりゃありがてえな」

俺を睨みつつも林田のくち元に笑みが戻った。俺も自然と笑って、近づいた、と思う。

「でもさ、林田。俺好きな人がいるから、悪いけどそこだけよろしく」

「えっまじかよ！　河野も恋愛とかすんの⁉」

「したんだ最近」

目を輝かせている林田を見ていると、お互いに心を開いて親しくなれたような感覚を掴めた。

俺のなかで林田が恋をすれば哀しみもする生々しい人間に変化していて、林田のなかでも自分がそう変貌《へんぼう》しているのを感じる。少なくとも脳みそつるつるのばかじゃない。

「……で、誰よ相手は」

友だちになりたいなら本心を言いなさい、と賢司さんに教わった。

言ってみようか。いままで隠蔽《いんぺい》していた本当の自分を解放してみようか。いまならこいつもわかってくれるかもしれない。

「クラスメイトじゃないよ」

「べつのクラス？　先輩？　後輩？」

「通学のバスで会う会社員」

「んだよ、話したこともねえんだろそれ？」

「あるよ。ほとんど毎日話してる」

「まじか！　美人⁉」

「女性でもない」

へ……、と林田が笑顔のままかたまってすぐ、破裂したように興奮しだした。

「まじか河野、おまえオカマなの⁉」

「女性になろうとは思ってないよ」

「でもホモなんだろ⁉　身近にいるもんなんだな、まじウケる！」

あっははは！　と林田が大笑いして腹を抱えている。笑っている。大ぐちを開けて、笑っている。

「おい、俺はおまえを信じて言ったんだぞ」

「いーけどさ、だってらしすぎるっつーか。だから女に興味なかったんだな？　納得してウケるっつーか」

「ウケるって言うな」

「悪《わり》ぃー悪ぃー。――あ！　つかこの前俺に泊まりにこいとか言ったのってソウイウこと⁉　俺、尻狙《ねら》われてんの⁉」

違う、と否定した声が小声になった。

「河野さ、ホモでもいいけど俺らを巻きこむなよな～？」

いやらしく歪んだ目で笑う林田を前にして、感情が崩れていくようだった。内臓からどろりと壊死《えし》するみたいに脱力する。脱力しながら絶望した。ばかだった。近づいたと思えば簡単に遠のく。披瀝《ひれき》するのはまだ、はやすぎたんだ。

「言うんじゃなかった」

「つれないこと言うなよ〜教えてくれて嬉しいぜ？　な、その会社員ってやっぱ筋肉ムッチムチな兄貴みたいな奴なわけ？」

「黙れ、侮辱《ぶじょく》するのは俺だけにしろ」

目が攣《つ》るほど睨みつけたら、林田は退いて「こえぇーっ」とおかしそうに吹いた。耐えかねて視線をそらした先には曇天の空。灰色に煙《けぶ》る息苦しい雨。

晴れていればここまで苛つかなかったかもしれないのにと、天気にまで八つあたりした。


傘がなくとも学校と家が近いからさして濡れずにすむ。

夕方五時に帰宅すると俺は早々に風呂をすませて身体を温め、夕飯を食べた。

他人の声が聞きたくてテレビのバラエティ番組を観ていたら、ニューハーフの人が司会者に「あんた女じゃなくておっさんやん」と突っこまれて「いやーん、女の子だもんっ」とおどけながら笑いをとる場面に遭遇した。

女性となんら変わりない可憐《かれん》な容姿と仕草と、とりわけ陽気で明朗な笑顔。でもその輝きにわずかな影が差している。

べつのニューハーフが「あたしたち女よねー」と助け船をだして徒党を組むと、司会者は「言うてろ」と呆れて、ふたりは顔を合わせて笑った。今度は淀《よど》みない、勇敢で誇《ほこ》らかな笑顔。

食事を終えると勉強をした。苦手な日本史を重点的に。
問題を解いていく頭の反対側で、悔恨《かいこん》か寂寥《せきりょう》か自責か整理のつかない苛立ちが渦巻いている。気を抜けば簡単に思考を支配されそうで、集中しようと自棄《やけ》になるほどにペンが走る。
十一時半を過ぎた頃に鳴ったスマホのメール音は、まるで救いの鐘に聴こえた。
『一吹、まだ起きてる？』
賢司さんのメールに『はい。すぐ「アニパー」起動します』と返信してソラの部屋へ行く。
――『ごめんね。もっとはやく帰りたかったんだけど、今夜も呑んで遅くなった』
――『いえ』
賢司さんがいる。シイバのむこうに、確かにいる。
――『寝てなかったんだね』
――『はい。試験勉強してました』
身体の底で角張って神経を蝕《むしば》んでいた鬱積《うっせき》ごと、彼の存在感に砕かれて至福に包まれていく。
会いたかった。今夜はとくに。
――『酔っぱらって変なこと言わないように、今日は酒もセーブしてきたよ』
――『変なこと？』
――『好きかって訊いたりしたでしょう、昨日』
――『それ変なことなんですか』

──『今日一日、一吹が「好き」って言ってくれたのを思い出すたびに何度も照れてたから。酔ってました。すみません』

まさか昨夜矢継ぎ早に別れを切りだしたのは照れてくれたから……？

ははは、と嬉しくて笑ってしまったら、砕けた鬱積の欠片《かけら》までさっぱり消えた胸の奥に新鮮な空気が流れこんできた。深呼吸する。この人は、俺の空気だ。

──『好きです、賢司さん』

ひとりじゃないってこういうことなんだなと思った。

すこし前まではそれこそ夜のバスみたいに、坂だらけの暗く閑かな道をあてどなく運ばれているような心持ちでいた。のぼっては下り、下ってはのぼりして、普通になれない自分を暗澹《あんたん》と持て余していた。だけど賢司さんと出会えた。

彼が生きて、傷つきながらもここにいてくれるいまを幸せだと思う。

──『やめなさいって一吹……だらしない顔になるから』

──『だらしない？　どんな顔ですか。写メで見せてください』

──『おばか。今朝のバスでは本読んでたの？』

──『いいえ、ミチルと一緒でした』

──『いつの間にか仲よくなってるな？　付き合いだしたら祝いに赤飯ごちそうしないと』

胸が痛い。

――『ミチルはチャラ男といろいろあったみたいです』

――『チャラ男?』

バスに乗り合わせる茶髪の高校生のことと、彼が『アニパー』を通してミチルに声をかけたことを教えたけれど、賢司さんはチャラ男がまったく記憶にないらしい。

――『「アニパー」利用してくれてるのかー……チャラ男君ねえ、今度心のなかからそっとお礼を言おう』

――『携帯電話をいじってるタイプの男子高校生ですよ。モバイルゲームをやりこんでる感じだから、賢司さんも会えばわかるんじゃないかな』

――『どうだろう。毎日文庫本読んでて腕に傷のある子なら忘れないけどね』

……文字を打つ指がかたまった。シイバの姿を見つめていたら、『一吹……?』とシイバがソラに近寄った。

――『傷のこと軽々しく言ってごめん。怒らせたかな』

――『怒ってません』

俺はこの傷でしか賢司さんを癒やせないのかなと、寂しくなっただけだ。

――『じゃあどうしたの?　……もしかしてまた照れた?』

――『うん』

そういうことにしておこう。

――『見たい。写メして一吹』

――『嫌です』

――『ちゃんと待ち受けにするから』

――『ちゃんとってなんですか』

甘ったるいじゃれ合いに苦しくなる。スマホを下において左手で左の目頭を擦った。右目は画面から離さないままに。

――『ねえ、一吹はなんで俺と話してくれる気になったの？』

――『なんで？』

――『レンタルショップのＤＶＤ代のかわりに「かすが」の弁当をおごったから？　じゃ、ないよね。アパート暮らしにも不満はなさそうだったから、副社長って肩書きに引きずられたとも思い難いし』

――『まさか「かすが」を紹介してくれたのも、部屋へ招いてくれたのも、俺を探ってたからですか？』

――『初めて話した次の日の朝に、ころっと懐いてくれていたのが不思議ではあったよ』

この人侮《あなど》れない……。

唸らされるが、こんな策士さながらの狡さにも、もはや不快感は芽生えなかった。息を吸って話す。素直に。

――『俺は朝のバス内の雰囲気が好きで乗り合わせる人はだいたい把握してるんですけど、賢司さんはお洒落で目立ってて、俺にはモデルや俳優みたいに見えていたんですよ』
――『その理想はひょろりん事件のときにぶち壊れてるよね』
――『ぶち壊されてすぐ、理想以上に素敵な人だと思いました』
名前呼びや日常の寂寥感や、俺のなかにあった空虚を次々と埋めていってくれたから。
――『説得力がないな。一吹は俺を美化しすぎてる』
――『俺には気持ちを正確に伝えられるだけの話術がないんです、すみません』
シイバが腕を組んでつんとそっぽをむく仕草をするから笑ってしまった。
――『一吹は話す前から神々《こうごう》しかったよ』
――『神々しいって、それこそ美化じゃないですか』
――『いや。朝日の下で本読んで腕も隠さないで。話してみても印象は変わらないうえに、実直で可愛かった。だから俺は一吹に惹かれるんだよ。ほら、説得力あるでしょう?』
バス内で読書する俺に、この人はお姉さんを重ねていたんだろう。彼の褪せない心の闇。
惹かれる、という言葉を、文字を、この人はどんな表情で、どんな思いで、どんな声色のどれだけの熱量のつもりで、俺に届けているんだろう。真摯であるならそれだけ、俺がゲイだと知ったときに失望させてしまうんじゃないだろうか。
この人は傷つくんだろうか。俺はこの人を、傷つけるんだろうか。

――『今日も酔っぱらってますよ、賢司さん』

可愛げのない言葉しかでなかった。

――『受け流されたか』

酔ってないのに酷いな、と賢司さんが続けた。

くちを引き結んで、寒々しい部屋に佇むオオカミとウサギを見つめる。

ここにいるのはシイバとソラだ。

スマホの電話番号を交換して話した方が〝そこにいる〟という現実感をもっと得られるんだろうに敢えてチャットを選ぶのは、この文字だけの幻じみた世界に助けられたいからだと思う。少なくとも自分は。

賢司さんも俺がぼろぼろウサギだから可愛いなんて言えるんじゃないか。男だ、という現実が眼前に〝いない〟から。

夢の世界なんだ。夢はいつだって触れられない。触れられないから綺麗で心地いい。

たくさん話そう、時間を無駄にしないように、と再びスマホに親指をおいたら、そのときぱっと柴犬《しばいぬ》っぽい茶色いイヌが現れた。ぽやんとした垂れ目の気弱そうなイヌは、黙って俺たちを眺めている。初めて会う動物だから賢司さんの知り合いかと思いきや、シイバも無反応。

――『こんばんは。あの、俺、朝のバスに乗ってる奴なんです。ミチルちゃんとソラさんが話してるのを聞いて検索してきました』

あ。もしかして噂をすれば、のチャラ男君？
『茶髪の高校生？』と訊いたら『そうす』と返答がきて合致した。『こんばんは』とおじぎをするとシイバも俺に倣《なら》っておじぎだけする。
――『俺、戸崎翔太《とざきしょうた》っていいます。ここではショウです。すんません、昨日ミチルちゃんにも勝手に検索してキモいって言われたんすけどソラさんと話したくて』
――『うん、いいよ。どんな話ですか？　このシイバさんもバスに乗ってる人だから気にせず話してください』
――『ソラさんの隣に座ってた男の人ですか』
――『そうです』
シイバが『彼女を巡っての恋愛話なら俺は部外者だから迷惑じゃないかな』とソラとショウからすこし離れたけど、戸崎さんが『全部ばれてるじゃないっすか。いてもらってもかまいませんよ。笑』と許可したので三人での会話が始まった。
予想していた通り戸崎さんはミチルにふられたことで昨夜から落ちこんでいたらしい。
――『俺ショートカットの女の子に弱いんすよね。一目惚れではあったんですけど、話したらもっと好きになってショックも倍増でした』
――『ミチルははっきりしてますもんね』
――『はい。チャットでもガンガン言われました。告るにしても面とむかって自己紹介してからにしてよキモいウザいって。でも俺、怖かったんす。結構マジ恋だったんで、チャットで告れると思ったらラッキーってしか考えらんなくて。出会いなおしたいっすよ』

チャットだから——その怯えと切実さと狡猾《こうかつ》さに、苦い共感が芽生える。出会いなおしたいという一言も響いた。

それで結局俺に話ってなんだろう、と疑問に思ったら、

——『ソラさんはなんでミチルちゃんをふったんですか』

とショウが言った。シイバの前で。

——『それは戸崎さんに話すことですか？　俺がミチルに言うことで、すでに本人にも伝えたんですけど』

——『でもソラさんの気持ちを聞いてみたくて』

——『俺を探るのは遠まわりでしょう？　ミチルに直接会って謝った方がいいですよ』

——『怖くて会う勇気ないっす。それにあっちだって俺に会いたくないでしょ』

あっち呼ばわりか。ミチルにも感情があって、複雑な焦燥《しょうそう》を抱えながら闘っている女の子なのに、あっち、で投げ捨てるのか。恋した相手を、まるで無感動な物みたいに。

今朝俺の隣で唇を尖らせていたミチルを思い出したら腹が立ってきた。

恋い焦《こ》がれる切なさは理解できたけど、ならどうしてミチルから逃げるんだ。

——『ミチルはチャットで告白するのが気持ち悪いって言ったんですよね？　なんで〝勇気

がなくてごめんなさい、改めてくちで告白するからもう一度聞いてください〃って頼まなかったんですか。あと一歩なのに、ミチルは自分に会いたくないだろって、それ戸崎さんが卑屈になって自分を守ってるだけですよね。自分を可愛がりたいだけなら、それは恋じゃない』と思う、と、数秒後我に返ってつけ足した。

感情にまかせて一気に打ちこんで、冷静さを欠いてしまった。でもミチルをばかにするな、と興奮したらとまらなかった。

掌にうっすら汗をかいたせいでスマホが張りつく。離して擦り合わせていたら、ショウが、

――『わかりました。サーセン。寝ます』

と言いおいて文字が消えもしないうちにぱっと去って行った。拗《す》ねやがったな、と直感したけど追いかけたいとは思えなかった。

日付もとっくに変わって、時刻は一時十五分前。

――『賢司さん、すみません妙なことになっちゃって。そろそろ眠らなくて平気ですか？明日も仕事ですよね』

ずっと黙していたシイバはやがて『俺の調査によると、』と話しだした。

――『俺の調査によると、近頃は小学生でも元カレや元カノのいる子が増えてるそうだよ』

――『そうなんですか』

――『処女や童貞が恥ずかしいから身体も容易《たやす》く許すらしい。「アニパー」でもナンパは絶

えない』
――『仕事での悩み事ですか?』
――『いや、そういう付き合いが食いとめられる現場に居合わせたのかなって考えてた』
仕事目線の発言だ。一歩離れた場所から子どもの俺たちを観察していた、大人の彼との距離を感じる。
――『彼女は一吹の好みじゃないってこともわかったかな』
――『ミチルのこと、ですね』
――『告白されてたんだね』
はい、と打って、頷くように俯く。
――『すみません、黙ってて』
本来なら報告の義務はないんだろうけど、如何《いかん》せん俺たちは彼女をつくる約束をしているし、ミチルは賢司さんも共通の知り合いだ。白トラさんとのことを聞かせてくれた賢司さんには、不快感を与えたかもしれない。
――『そこまで律儀にならなくていいよ。でも一吹に好きな人や彼女ができたらお祝いさせてね』
……お祝い。
返答に窮《きゅう》していると、彼は間をおかずに重ねる。

——『ところでマジ恋って言葉、一吹もつかう？』
——『いえ、あまり好きじゃないですね』
——『ほっとした。「賢司さん、俺マジ恋しました」って報告されたらかなりショック受けると思うから』
すこしだけ笑えた。笑わせようとしてくれているんだろうか。賢司さんは常に優しくて、他人への配慮を欠かさない。
——『俺は賢司さんが「マジ恋した」って言っても信じますよ』
笑ってもらいたくて俺も冗談で返したのに、賢司さんは『言わないよ』とこたえたあと、
——『絶対に言わない』
と念を押した。
ネットでのコミュニケーションについて日々考えている人だからこそ、文字への冗談は嫌いなのだろうか。
——『すみません。俺も言葉や文字を丁寧に扱っていきたいです』
シイバがとことこ、と二歩ほど歩いてソラに近づいた。
がらんとした殺風景な部屋で二匹の動物がぽつんとむかい合う。
それから沈黙が流れて、スマホに表示されているシイバとソラを眺めるだけの、時間の余白みたいな不思議な静寂が訪れた。

シイバは今日も格好よくて、ボアつきのロングジャケットを身に着けて堂々と立っている。ソラを見つめる眼差しにも迷いがない。

ソラはピーコートで可愛く着飾っているものの相変わらずぼろぼろで、シイバのまっすぐな視線を受けとめずにやや俯き加減で相対している。怯えているような弱々しい、どこか哀しそうな顔で、シイバの手元らへんに目線を落としている。

チャットは会話がないととても不自然で時間がとまったように感じられる。

賢司さんはなにを考えているんだろう。なにを思っているんだろう。

不明瞭で頼りなく、不完全で曖昧な間なのに、でも確かな安心感をはらんでいる静謐《せいひつ》だった。

姿は見えない。声も、表情も。心も。けれど賢司さんは俺の、俺は賢司さんのために時間を消費しつつ、世界から切り離されたような夜に佇んでいる。遠く離れていても。いま、ここで。

一分か五分か、シイバの、賢司さんの発言を待ちながらその一時《ひととき》に身を委《ゆだ》ねていたら、

――『明日からは夜もこられないと思う。チャラ男君にまんまと邪魔されたね』

と彼が言った。声色や表情の見えない文字では〝邪魔〟という無表情の二文字の力が強烈でやたら辛辣《しんらつ》に響く。

――『はい』

酷いと感じつつも、俺も彼の情動に寄り添いたくて同意した。貴方との時間が欲しかった、と戸崎さんをダシにしてでも言いたくなった。

――『また話せそうなら連絡するよ。一吹も試験勉強頑張ってね』
――『頑張ります。でも話せたら嬉しいです』
――『わかった。おやすみ一吹』
――『おやすみなさい、賢司さん』
手を振ってシイバが消えてからスマホを離す。
……疲れた。なんだったんだ今日は、と困惑が浮き上がってきて、そのもやもやした感情に、明日会えない、という現実が覆い被さってくる。そして、毎日会ってる方がおかしいんだろ、とさらなる現実的な物思いが追いついてきてやっと、眠気を意識した。

俺のベッドの枕元には目覚まし時計がふたつある。ひとつは渡米する前に母さんがくれたデジタル置時計。もうひとつは自分で買ったアナログ置時計。

デジタルの方は六畳間の自室のどこにいても時刻が確認できるぐらい文字盤が大きくて、月日、曜日、温度、湿度まで表示される優れもの。アナログの方は母さんがいるニューヨークの時刻を刻む白くてシンプルなものだ。

母さんは自分が父親でもあると己に義務づけているところがあって、躾《しつけ》にも厳しい。

置時計をくれた日も怖い顔でこう言った。

『一吹。自由っていうのはそれだけ自分を試されることなのよ。これから貴方がひとりでどんなに怠惰な生活をしても、わたしは傍にいて叱ってあげられないでしょう？　貴方は自由で、自分の生活も自分自身でつくり上げていくの。その結果どういう人間に成長するかは、数年後わたしが帰ってきたときに見せてもらうわ』

ひとりになって過ごしながら、母さんの言葉は正しかったと痛感させられたものだった。

それまで母さんと分担していた家事が全部自分ひとりにのしかかってくるからすぐ嫌になって、洗濯は〝雨だから〟とか〝週末には必ず〟とか言い訳つけてあとまわし。掃除もセットであとまわし。食事は〝ひとりぶん作るのは大変だし面倒だ〟と、コンビニ弁当やスーパーの惣《そう》菜《ざい》で満足。白飯さえ炊《た》かない日なんてざらで、しかもそれを咎める邪魔者もいないんだから、好きなだけ本を読んで適当に腹を満たして寝て、学校との往復を繰り返し、自由を満喫した。

このままじゃ駄目だ、という危機感は常にあったが、更生する機をようやっと得たのはひとり暮らし三ヶ月目の高校一年の夏休みのこと。リビングのソファーに転がってポテトチップをばりばり頬張りながら本を読んでいた昼下がりに、急に開眼した。

――精神的に向上心がないものは馬鹿だ。

忘れもしない、夏目漱石《なつめそうせき》の『こころ』の一文を読んだ瞬間だった。

この文字が、言葉が、目に飛びこんできたとき、自分だけに届く大声で叱られた気分になった。ばっと飛び起きて居ずまいを正し、ポテトチップで脂《あぶら》ぎった指をティッシュで拭《ふ》いて、それからページの隅に落ちていた欠片をとり除いた。するとそこに脂がついて紙に溶けたような染みができ、決定的な絶望感に墜落した。

本を汚してしまった。欠片が落ちるなんて端《はな》からわかっていたのに、わかっていながらお菓子を食べたせいで、漱石を。『こころ』を汚してしまった。

漱石は折に触れて読み返すほど好きだったうえに、まずもって本という存在自体が好きな俺にとって、愚かな生きざまを正すには充分すぎる事件だった。

自由を与えられて試された結果がこれか。

あの激しい後悔を胸に刻みつけて、また怠けたくなったら幾度も思い返して悔い改めた。

洗濯と掃除は二日に一度、布団干しは週末に。食事内容は食費を一ヶ月二万五千円に定めて健康を考慮したら必然的に自炊が増えた。

規則正しい生活を送ると、今度は自分を立派だと思えることがささやかな快感になった。そしてもう一度『こころ』を買いなおした。だから俺の部屋の本棚には『こころ』が二冊並んでいる。

置時計が示す時刻は七時二十分、いつも通りだ。制服に着替えながら本棚の背表紙にあるひらがな三文字をなんとなしに心のなかで読む。こころ。こころ。

今日はマフラーもしようと決めて用意しておいたので、ぐるっと首に巻いてうしろで結わく。図書館の本も持った。今夜こそ返却しに行かないと。

家をでると、吹き抜ける風が肌の芯まで刺してきた。昨夜の雨の余韻がアスファルトや木の葉から立ちのぼって、湿った道路と土と緑の匂いが濃く漂っている。バス停に並ぶ顔ぶれのなかには賢司さんだけがいない。そこに自分も加わる。

賢司さんも、もう起きただろうか。ホテルから支社は近いのかな。徒歩か、やっぱりバスで通っているのか、それとも送迎してくれる社員がいるのか。

出張先での仕事ってどんなことをするんだろう。酒を呑んでいるらしいから、どこかのお偉いさんの接待？　誰だ、お偉いさんって。想像もつかないな。バイトをした経験もないから〝仕事〟というだけでただとにかく大変そうだと、漠然と感じるしかない。

お姉さんは仕事をしているんだろうか。完璧には社会復帰していないというから、正社員じゃなくてパートで週何日か、とか？　お母さんはどうなんだろう。

よくよく考えてみれば知らないことだらけだ。胸に寂しさが灯《とも》ったところでバスが到着して乗車した。

「おはよう、一吹」

一番うしろの席に行く途中で、ミチルに腕を摑んでとめられた。

「おはよう」となにも考えずに隣へ座ってすぐ、あっ、と戸崎さんを探す。

「いないよ」

ミチルが淡泊に言い、それから、

「あの会社員もいないね」

ししししっ、と歯を食いしばった笑顔でからかってきた。

「賢司さんは来週まで出張だから」

「知ってるってば。わざと言ったんだよ。会えなくてさびしーんでしょ」

「寂しそうに見える？」

「見える見える」

その方が驚くし困る。

「気のせいだよ」

「ふーん。まああたしもチャラ男なんて待ってないけどね、ぜんっぜん」

プー、バタン、と扉が閉まってバスが走りだした。

ミチルが「一吹は期末テストいつ？」と訊いてきて、俺がこたえるとそこから自分の苦手科目への不平不満なんかもまじえつつ会話を広げてくれる。

「一吹、数学が好きなの？　いつも本読んでるから文系かと思ってた」

「数字はこたえが綺麗にでるから気持ちいいよ。苦手なのは社会科系の、記憶するやつだな」

「わかる！　てか、あたしは国語も数学も歴史も、全部嫌なんだけどさ〜」

苦手なものの話なのに、得意げだから笑ってしまう。

「じゃあ漫画は読む？」と、またミチルが訊いてくれて会話は続く。必ず問いかけから会話が始まるから、ミチルは俺に興味のある話をさせるためにさりげなく配慮してくれているのかも、と察知する。この会話の仕方、賢司さんと似ている。

好きな漫画の話でひとしきり盛り上がったあと、

「ミチルって会話上手だね」

と褒めたら、ミチルは唇を尖らせた。

「どこが？　べつに普通だよ」

あ、ちょっと照れてる。

「みんなが普通にできることじゃないでしょ」

「んなことないよ。女子の方がしゃべり好きだから？　あたしすごく長電話するし」

「クラスメイトと遊んでて女子が会話上手だって思ったことないけどなあ」

「一吹、女子と遊ぶの？」

「女子とっていうか、男子もいるよ。誘われたらついて行ったりする」

「意外。落ち着いてて、同級生と遊ばない大人っぽいイメージだもん」

「大人じゃないよ」

大きな目をぱちぱち瞬《しばた》いて、ミチルが驚いている。眉をひそめて不思議そうにもする。

ポストチップをばりばり囓ってぐうたら本を読んでいたような俺が、ミチルには大人に見えるらしい。他人の目って不思議だ。賢司さんも俺を大人びてる、と言うし。

「ねえミチル、俺と友だちになってくれる？」

「え？　もう友だちじゃないの？」

「そうなの？」

「だと、思ってたけど……？」

眉をひそめていたミチルの頭上に疑問符まで飛んで見えたけど、こっちも驚いた。

しばらく顔を見合わせて首を傾げていてから、ふたりして笑ってしまった。

「俺、名前を呼び捨てにし合うのって、特別なことだと思ってたんだよ」

これを話したのはふたり目だ。

「一吹って面白いこと考えるね」と笑ってからミチルは、「……でもわかる」と俺の言葉をしっかり受けとめて頷いてくれる。

「男子のことは知らないけど、女子は……っていうかあたしらのまわりは、高校に入ってから知り合った友だちを名前で呼び捨てるようになったよ。ナントカさんナニナニちゃんって呼ぶより格好いいし大人っぽい気がして、あたしも調子に乗って呼んでたけど、実際は付き合いだして一年も経ってないわけじゃん？　呼び合う名前だけ妙に親しくって中身は薄っぺらなんだから、最初はすごく違和感あったな」

「名前で呼ぶことに、違和感があったりもするんだ」

「あるよ、ありありだよ！　『アニパー』でも同い年だってわかった途端『タメ語でいいよ』っていうやりとりがあんの、知ってる？　『ありがとー』ってお礼言ったら急に馴れ馴れしく話しだすんだけど、あれもぶっちゃけキモい。友だちってそういうんじゃないじゃん」

「知らなかった。顔見知りでもないんだし、チャットだけの付き合いなら余計にタメぐちになるまでの段階を踏みたいね」

「そうなの！　その段階を強引に飛び越えてるってわかってるから、ぎこちなくって嫌だなーっていっつも思う。我慢してるけどさ」

ミチルは強く生きているんだな、とまた感じ入る。

上辺の付き合いができる人、って言ったら聞こえは悪いけど、要は自分の価値観をコントロールして他人と穏便《おんびん》に付き合う方法を身につけているのだ。窮屈で苦しそうだけど大人だ。

林田たちに馴染めないぐらいで賢司さんに泣きついた自分が恥ずかしい。

「一吹って、すごいね」

見当違いな賛辞をもらって面食らった。

「ミチルの方がすごいでしょ」

「ううん。こういうこと話してもわかってくれる人なんだって、それがすごい」

わかってくれる人。

賢司さんの気配、彼への想いの手触り、のようなものが胸に熱く広がった刹那、ミチルが窓の外に視線をむけて小さく呟いた。

「あたし、間違ってなかった。……やっぱり一吹がよかったな」


放課後、進路指導室に行って賢司さんの大学の資料を眺めてみた。

大学の歴史や学部、各キャンパス紹介、学生寮、卒業後の就職進路データ。入試資料には今年の募集人員、試験日程、科目、得点状況などがある。

希望に充ち満《み》ちたガイドブックなのに、読んでいるとだんだん気分が沈んでくるのはなんでだろう。〝受験生〟という文字が視界に入るにつけ滅入る。自分の学力がまだ及ばないからだろうか。それとも来年から始まるであろう勉強漬けの一年間が嫌だから？

気をとりなおして、キャンパスの写真を眺める。

建物の中央に隆々《りゅうりゅう》とそびえ立つ大木、生徒が行き交う並木道、ガラス張りの渡り廊下、賑やかそうな学園祭のようす。

そこに賢司さんがいる姿を想像してみたら、今度は確かに希望を感じられた。

誰かと笑顔で話しながらキャンパスへむかう賢司さん、学園祭ではしゃぐ賢司さん。

自分も同じ場所で似た感情を体感できるかもと思うと、心が軽くなってわくわく弾みだす。

単純なもんだ。

彼は本当に笑っていたんだろうか。この並木道やガラス張りの渡り廊下を歩きながら、お姉さんのことを想ってどんな毎日を過ごしたんだろう。辛いとき傍にいてくれたのは友だちだったのか、恋人だったのか。

窓辺に移動して、周囲に人がいないのを確認してからスマホをだした。『アニパー』を起動してみるが賢司さんはオフライン。それでもシイバの部屋に移動して履歴を残してから『アニパー』を閉じた。ストーカーじみて気持ち悪いけど、忘れていませんよ、会いたいですよ、という合図だけでもしておきたくなった。

今夜の夕飯も『かすが』のお弁当にしよう、と残雨で濡れた校庭を見下ろしながら考える。

教室へ戻ったら、中央の席に林田を含む数人が集まって談笑していた。

「——だからマユミたちもこれから遊びに行こうぜ」

「えー、あたしまた赤点とったらやばいし、試験勉強しなくちゃなー。ジュンコが行くなら行く〜」

「あたしは行ってもいいよ。マユミだって本当はコウジがいるから行きたいんでしょ？」

「ちょっとやめてよもうっ」

「マジか、マユミはコウジが好きなんかー。コウジはモテんなー。なんなら付き合っちゃえば？　なあコウジ」

「……どうしようかな」

「マユミ可愛いし胸もでかいし、文句ねえべ」

「やだ、ツトムさいてー」

　ツトム、と呼ばれているのは林田だ。クラスのなかでも目立つ容姿と存在感の男子ふたり、女子ふたりの四人組。

　髪は脱色して派手にセットし、制服も着崩している。女子の化粧は濃く、爪も長い。悪い言い方をすれば、頭も下半身も軽そうな会話でいつも騒いでいる輪。そのなかにいる〝ツトム〟は俺が知る〝林田〟とは別人で、俺は本能的に他人を装ってしまう。

　横を擦り抜けるように自分の席へ移動して帰り支度をしていると、輪の中心から林田が、

「河野、おまえも遊ばね？」

　と声をかけてくれた。

「今日俺んち親がいないからさ、みんなで遊んでついでにメシ食いに行きてーんだわ」

　振りむくと女子ふたりの表情にうっすら当惑が滲《にじ》んでいる。〝ツトムなんで誘ってんの？〟

〝河野となにしゃべればいいの？〟って顔。

鞄を肩にかけてマフラーを持ち、四人に近づいた。

「どこで遊ぶんだよ」

本当は行きたくない。けど手近な机に軽く尻を乗せて輪に加わる。林田が入れてくれた輪。

「うーん。河野がくるんならカラオケ？　おまえ意外と歌うまいよな」

林田がにっこりしたら、「河野、歌うまかったっけ？」とマユミこと鈴木《すずき》さんが反応した。

「うまいぜ河野。ジュンコが好きなバンドの歌うたえる」

続く林田の煽《あお》りに、ジュンコこと山田《やまだ》さんも「まじ？」と目を見開いて好奇心を露わにする。

「河野の歌聴いてみたーい」「歌うまい男子っていいよね～」と鈴木さんと山田さんがきゃっきゃし始めると、俺は抜けだすタイミングを見失ってしまった。

勉強したい。賢司さんと同じ大学へ行くために試験で結果を残していきたい。図書館にも行く予定でいた。でも友だち付き合いもしていきたい。迷いは次第に焦りへ変わっていく。

「カラオケか……」

一時間だけ遊んで帰ろうかと悩みもしたが、やっぱり正直に断ろうと決断したとき、

「河野、そういえばおまえに話があったんだ。帰ろうぜ」

と、コウジこと嶋野が俺の腕を引いて、がくっと身体が傾げた。「おい」と制止するも、

「ツトム悪いな、また今度」

と嶋野は出入口へずかずか歩いて行く。

林田たちの「おいぃ〜」「コウジひどーい」という抗議が聞こえなくなったところで、

「おまえばかじゃねえの」

と嶋野に罵倒《ばとう》された。

「嫌なら嫌だって言えばいいだろ」

「言おうとした。なんだよ、話ってそれかよ」

俺は困惑する。

「河野は俺らと連むタイプじゃないだろ。ツトムはばかでそういうことわかんねえんだから適当に放っておけよ」

「……はあ」

「おまえがツトムたちと嫌そうに昼メシ食ってるのも意味わかんねえから」

「嶋野に苛つかれる意味もわかんねえよ」

なんだこいつ。心配してくれているにしろ、突然こんな不躾《ぶしつけ》な責め方はないだろう。

「河野は自分に合う奴と連めって言ってんだよ」

「大きなお世話だ」

少なくとも嶋野に言われる筋合いはない。

「嶋野だってつまらなそうにしてたじゃないか」

さっきも鈴木さんの好意を受けて林田に『付き合っちゃえば』と囃されたとき、『……どうしようかな』と苦笑いしていた。

くちの端を引いて片頬にしわを寄せる引きつった笑い方。それは時折見かけるこいつのもっとも印象的な顔だ。くだらねえ、と仲間をどことなく見下しているような匂いが、こいつにはある。

「そうかもな」

俺に背中をむけていた嶋野が肩先だけ振りむいて、

「だからドーゾクケンオ」

と鋭い目で言い放った。憶えたての言葉を初めてつかう子どもじみた、片言の物言いだった。それもとんでもなくわざとらしくて居丈高《いたけだか》な。

靴をはきかえて正門をでてしまえば駅は目の前。橙色《だいだいいろ》の夕日に照らされた嶋野の背中は改札口へむかう人ごみに紛れて消えて行く。じゃあな、の挨拶すらなかった。

どこが同族だよ、と不満を発散できないまま放置された。

マユミ、ジュンコ、コウジ、ツトム、河野――河野。自分だけが輪からはみだしているこの孤立感を、嶋野も知っているっていうのか？

ミチルのように人付き合いのできる大人になりたいと足掻《あが》いている不器用な俺と嶋野はまるで違うはずだ。あんな乱暴に侮辱さえしながら同情されるとますます情けなくなる。

ふざけんな、と胸のうちで悪態をついて図書館へむけて歩きだしてから、結局嶋野は林田たちと遊びに行かなくてよかったのか、と疑問に思ってはたと気がついた。

もしかしてあいつ、わざわざ輪から飛びだして俺を助けようとしてくれた……？

無論、認めたくはなかったけれど。


図書館に寄って、その後『かすが』に着いたのは七時前だった。

またお弁当だけ買って帰るつもりでいたが、おばさんが「あら一吹君、いらっしゃい！」と元気よく、いまもっとも欲しかった明るい笑顔で迎えてくれたものだからとどまりたくなって食事をしていくことにした。

最近肉を食べていなかったなと思って生姜焼き定食を注文したら、

「シバちゃんもお気に入りなのよ、生姜焼《しょうがや》き」

なんてウインクしてくれる。

お客は俺以外ふたりで、ひとりは会社帰りとおぼしきスーツ姿のサラリーマン、もうひとりはラーメンをすする小太りの大学生っぽい男。

料理がくるまで勉強しようと考えて鞄からテキストをだした。ラジオニュースが流れているだけのひっそりレトロな雰囲気が心地よくてすんなり集中していく。どことなく母さんの田舎の祖父母の家に似ているかもしれない。懐かしい風情《ふぜい》と温もりのある空気。

賢司さんの苦しみや泣き顔まで頭の反対側に浮かべて物憂い気持ちになるほどどっぷり勉強に耽っていたら、

「シバちゃんのこと思い出すわー……あの子もそうやって勉強してたもの」

と、おばさんが料理を持ってきてくれた。

「勉強、してたんですか。賢司さんも」

テキストをよけつつ、おばさんの笑顔は向日葵《ひまわり》みたいだと思う。

「してたしてた。ひとりのときはいつも小脇に勉強道具やら本やら抱えてきてたわ。そうしないと嫌なこと考えちゃうからだって言ってたっけね」

……嫌なこと。

おばさんが話してくれる回想からは、賢司さんがいかにお姉さんを想っているかが必ず垣間《かいま》見《み》える。姉想いの、快活な優等生。

「勉強家だったんですね」

「そう、勉強家だったし読書家だったわね。本は一ヶ月に百冊以上読んでるって言ってた。本の虫よ」

「一ヶ月で百⁉」

一日三冊以上読んでいたってことじゃないか。

「だからって近寄り難いってことはないの。彼女もたっくさんいたわよ、絶対。うちに連れてくる女の子がいっつも違うんだから。全員友だちって言ってたけど、ありゃ嘘だね」

「たくさん、彼女」

「でもね、ほんとはあんまり人間好きじゃないのよ。『言いたいことも言えないくせに絆だとかなんだとかほざいてる奴らを見てると片腹痛い』ってよーく怒ってたわ。黙々と勉強してかりかり怒って、苛々して笑って泣いて、忙《せわ》しないったら。とにかく可愛かったわー……いまはだいぶ落ち着いちゃって、ちょっとつまんないわね」

　ふふ、と笑っておばさんはお茶目に首を竦める。

　喜怒哀楽が明晰なのは、外からの刺激すべてに裸の心で毅然《きぜん》と立ちむかっている証拠だ。言いたいことも言えないくせに絆だとかなんだとか——と憤る心底には、やっぱりお姉さんの件も関係していたんだろうな。姑のことを限界まで黙っていた強《したた》かで不器用なお姉さんを、同じように不器用に攻撃的な愛情で想っていた賢司さん。

　思慮深いばかりに生き辛さにもがいてしまう彼が、俺は堪《たま》らなく恋しい。

「一吹君、シバちゃんのこと好きなのね……憧れてるって顔してるもの」

　しみじみ言いあてられて、苦笑いしてしまった。

「……はい、憧れてます」

「わかるわ。あの子のまわりにはあの子を慕う子がいつもいるの。カリスマ性っていうの？　そういう魅力があるのよね」

「おばさんは息子を自慢するお母さんみたいですね」

「そう、うちは子どもがいないから常連の子はみんな子ども。一吹君も立派になってね！」

にっこり笑って俺の肩をぽんぽんと叩いてから、おばさんが離れて行く。

第三者が見てきた賢司さん、付き合いの長い人が語る賢司さん、俺の知らない賢司さん。

生姜焼きは、切ないほど美味しかった。


洗濯と掃除を終えて風呂に入っていると、だんだん気分が沈んできた。振り払うように勉強したあとベッドに入ってようやくうつらうつらし始めたら、スマホが鳴った。

『今日も一日お疲れさま。おやすみ一吹』

それは紛れもない賢司さんからのメールで、読み上げた途端胸が詰まった。時刻は深夜二時。

『うそつき』

寝ぼけて、俯せのまま目をこじ開けつつ返事を送信する。

『俺、一吹になにか嘘ついたかな』

『読書家だって、「かすが」のおばさんが』

最初に会話した日、本には興味がないってくちぶりで電子書籍の話をしてくれたのに、あれは俺を立てるための演技だったのだ。考えれば考えるほど哀しみが膨《ふく》れ上がって、しまいには寂しくなった。

『嘘はついてないでしょう。本を読んでないなんて一言も言ってないよ』

大人らしい狡賢い返答だ。

『狡い』

『ごめんね』

『あっさり謝るのも狡いです』

なにもかも大人。子どもの俺をあやすだけの大人。

『一吹、今日もシイバの部屋にきてくれてたね。嬉しかったよ』

今度は意図的に話題を変えて、それでいて俺を喜ばせて、悔しさと寂しさで苛んで息の根をとめにかかっている。

こんな話術があればそりゃ彼女もたくさんいたでしょうよ。

『一ヶ月に百冊読んでたなんて、あ行から順々に読んでいくよりすごいじゃないですか』

無理矢理話題を戻したら返事がとまった。瞼《まぶた》が重たくなってきて、また眠りに吸いこまれそうになった数分後、長い文章が返ってきた。

『現実逃避したかった頃、乱暴に読み漁《あさ》ってただけだよ。一吹みたいに本を愛して読んでいたわけじゃないし装丁に拘ったりもしなかったから、一吹の本への想いは心から尊敬してる。最近忙しさにかまけて全然読んでなかったのを反省して、何冊か買ってみたりもしたよ。昔と違って楽しく読めた。一吹のおかげだよ』

真心のこもったこたえだった。嬉しくて胸苦しくて、寝ぼけて変に感傷的になっているせいか泣きたくなってきて、また試すようなことを言った。

『それも嘘かもしれない』

するとと再び返事が。

『じゃあたとえば嘘だとして、俺はなんのためにそんな嘘をついているのか教えてくれる？　誰のために、誰といたくて』

……狡い。狡い狡い狡い狡い。

『狡い』

『一吹が拗ねてくれるのも好意あってのことかと思うと浮かれるよ。相変わらず「かすが」に通ってくれてるのも嬉しいな』

賢司さんと話していると自分の一部が溶けていく。どんどん溶けて、腑抜けになっていく。女の人も、こうやって賢司さんを好きになっていくのかな。

『携帯電話でしか話してないから、賢司さんは、もう電話のなかで生活してる人みたいです』

『うん。わかるよ、その感覚』

『俺も賢司さんにとって、文字でしかしゃべれない、携帯電話のなかの人みたいですか』

『どうしたの。いますぐ帰りたくなるようなこと言って、甘え上手だね』

どんなに甘えたって、どんなに好意を示したって、男が女を愛する生き物であるという常識の枠内で彼が生きている現実に変わりはない。

賢司さんがいる輪からも、俺ははみだしている。

『すぐ帰ってきたって、いいですよ』

真夜中の二時に。

もしいま会えたら、俺は寝ぼけたままもっとばかになるに違いない。子どもらしい子どもに成り下がって正直になるに違いない。

好きなんです、辛いんです、と疲れ果てるまで喚《わめ》いて暴れて誠心誠意、貪欲《どんよく》に。

『ごめんね。来週、火曜の夜に帰るよ。試験前なのに夜中に起こしてごめん。ゆっくり寝て明日も頑張ってね』

まるで逃げるような別れを切りだされた。鬱陶《うっとう》しがらせたのか。

『俺の方こそごめんなさい。話せて嬉しかったです。夜中でもまた連絡ください。賢司さんも仕事頑張ってください。おやすみなさい。ごめんなさい』

ごめんね。

ごめんなさい。

俺たちはそれぞれ二回ずつ謝って、会話をとめた。

翌日の金曜日、世界史の教師が板書《ばんしょ》している最中に前方の席に座っている嶋野が突然ばっと振りむいて俺に紙くずを投げつけてきた。

読め、と顎《あご》でしゃくって睨んでいる。手紙らしい。

『夏目漱石の「こころ」の主人公ってホモだと思うか？』

目を疑った。

走り書きの汚い字で、確かに〝「こころ」〟〝ホモ〟とある。その二文字だけ飛びだす絵本に似た立体感とインパクトで迫ってきて、まるで生きているみたいだった。悪臭まで感じた。気味悪くうねって蠢《うごめ》く虫に見えた。

怒りにまかせて真っぷたつに破ってさらに千切って、細かく細かく裂いていく。千切れなくなると机の角にまとめて、そのあとは徹底無視で勉強を続けた。

当然それで終わるはずもなく、

「河野、ちょっとこいよ」

と嶋野に声をかけられたのは昼食が始まる前だった。

林田は学食にパンを買いに行っていて、俺は机で弁当を広げていた。

「行かない」

「こいって」

俺の腕を引っ張ってしつこく誘ってくる。

「放せよ、おまえとは話したくない」

だいたいのことは推測できていた。俺とゲイっていうふたつのキーワードを結びつけられるのは林田しかいない。林田と嶋野は繋がっている。となれば、ふたりのあいだで暴露話が為されたと考えるのが自然だから。

突飛なのは『こころ』の存在だが、これについては弁解さえ聞きたくない。こいつが漱石を愚弄《ぐろう》した。この事実だけが俺にとっては嶋野を嫌う正当な理由のすべてだった。

「いいから付き合えよ河野。今日話してくれたら二度と話しかけないから」

「勝手だな」

「おまえを試したかったんだよ、悪かった」

「俺のことはどうでもいい、漱石に謝れ」

唇を引き結んで俺の腕を放した嶋野は、姿勢を正して頭を下げた。

「夏目漱石さま、すみませんでした」

両手両足を揃《そろ》えて九十度に頭を垂れている。

「もう一度」と催促すると、滑稽《こっけい》なほど従順に「すみませんでした」と繰り返す。

突然でき上がった奇妙な主従関係を周囲のクラスメイトも怪訝《けげん》そうに眺めている。

目の前で静止している嶋野のつむじを睨んでいたら、『こころ』にポテトチップで染みをつくった自分にいよいよ罪悪感が跳ね返ってきていたたまれなくなってきた。

「……ったく、なんなんだよおまえは」

そして観念すると、嶋野に誘導されるまま裏庭のベンチへ移動して、ふたりで昼食をとることになってしまった。

今日はよく晴れて空も澄んだ水色、太陽も眩しい。

嶋野は駅のコンビニで買ってきたというパンを頬張りながら、昨日の放課後俺が進路指導室から教室へ戻る前に林田が俺の性癖について噂話していたこと、直後に俺が現れたことで見世物同然になっていたこと、それ以外の場でも林田が〝河野はホモなんだってよ〟と吹聴《ふいちょう》していたこと、を教えてくれた。

「河野がツトムを信じこんで仲よくしてるから、歯痒かったんだよ」

おかしな奴だ。

「普通に忠告してくれればいいだろ？　歯痒いからってどうして八つあたりしてくるんだよ。嶋野って結構あほで面倒臭いんだな」

「河野こそ見かけによらずくちが悪いな。怒ってるからか」

「呆れてるんだ」

わざと大きくため息をついて里芋の煮物を食べると、嶋野は俺を睨んで続けた。

「もっと真面目に考えろよ。おまえツトムのせいでいじめに遭ったりするかもしれねえんだぞ。一応ツトムにはもうやめろって言っておいたけど、あいつとんでもないばかだからな」

嶋野は真剣だった。俺は彼の情深さと言葉の内容に呆気にとられる。数秒ぐるっと思考を巡らせた結果でた結論は、〝こいつ、いい奴なんだな〟。

返答は言葉にならず、気づいたら笑っていた。

「どうして笑うんだよ、深刻な問題だろ」

「うん、ありがとう」

「腹立つぐらいのんきだな」

「だって高校生になってまでいじめって……」

「あるだろ、社会にでたって陰湿ないじめはあるんだぞ！」

嶋野の鼻息が荒くなる。

「くだらないよ」

「河野っ」

叱りつけるように怒鳴られてもなお、俺はミニハンバーグを咀嚼していた。むしろ他人のことでこんなに熱くなってくれる嶋野に感謝が芽生えてくる。もしかしたらこいつとも友だちになれるかもしれない。

「ありがとうな嶋野。おまえの言う通りいじめは深刻だと思うよ。だけど林田にカミングアウトしたのは俺なんだから腹括るしかないだろ。最近オカマとかゲイのタレントも増えてきて、みんなからかわれて傷ついても笑って頑張ってるじゃないか。俺もそうするよ」

「くちではなんとでも言えるけどな、」

「大丈夫。来年になれば俺ら受験生だぞ？　どうせ学校もすぐ自主登校になるんだ。俺はやりたいこともあるし、いじめなんてかまってられないよ」

怖くないと言ったら嘘になる。でも思うに人は、大切なもの、失いたくないもの、にもっとも怯える。俺が大切なのは賢司さんだ。学校でいじめに遭おうと結局友だちをつくれずに孤立しようと、俺は彼がいてくれさえすれば希望を失くさずに乗り越えられると思う。

昔の俺とは違う、いまは救いを見いだした。最後には俺は怯えるのをやめて、自分の性癖を認めていくしかないんだから。

「……強ぇんだな」

静かな感嘆をこめて嶋野が呟いた。手にあるロールパンは、まだひとくちしか齧っていない。

「嶋野はなんで手紙に『こころ』のこと書いてよこしたんだよ」

「授業でやったろ。だからあれで反応見れば河野がホモかどうか確かめられると思って」

「は？　無駄にまわりくどいな」

確かに『こころ』は教科書にも載っていて勉強した。読み進めるにつけ、これホモじゃね、このふたりの関係おかしくない？　と面白がる生徒がいたのも憶えているけど。

「いやそれと、河野がホモなら主人公の感情をどう解釈したのか感想も聞きたかったんだよ。友情か恋愛かで全然違ってくるだろ。そういうの興味あってさ。俺、役者目指してるから」

「役者?」

嶋野は進路など考えず斜にかまえているイメージだったので、夢があったなんてと驚いた。

言葉の真偽を確かめるようにまじまじ横顔をうかがっていたら、嶋野は照れたのか俯き加減に目を伏せてパンを頬張った。

「映画とか舞台観るのはもちろんだけど、感情の勉強するために本も読むようにしてるんだよ。音読したりするのも楽しいし」

「格好いいな」

「よせよ」

そっぽをむかれて、賢司さんに『一吹はすぐ格好いいって言うな』と言われた声が心を掠めた。

「でも嶋野は演劇部とか入ってないよね」

「養成所に通ってるよ」

「本当に?　すごい、もうちゃんと夢にむかって前進してるんだな」

「やめろって、恥ずかしいだろ」

しー、というふうに唇に人差し指を立てて嶋野が赤面する。誰もいないのに。

「恥じることじゃないじゃん」と言うと、ちらっと横目で俺を見た嶋野はもう一度パンを嚙って腿《もも》に肘をつき、前屈みになって息を吐いた。

「……やっぱ河野だな」

「え？」

自嘲《じちょう》気味《ぎみ》に苦笑して続ける。

「ばかにされたくなくて、俺、夢のことツトムたちに隠してるんだよ。将来どうするって話になっても考えてねえって嘘ついてさ。でも河野はホモってこと隠さないですげえと思って」

「〝すげえ〟ことか？」

「すげえよ。案の定ツトムのばかの餌食《えじき》になって噂されても、くだらねえって言い切るし」

褒められている、らしい。

「河野とは趣味合いそうだし、一度しゃべってみたかったんだよな。おまえツトムたちが女の話ばっかりしてんのもばかだと思ってね？」

「ばかっていうか、楽しめないから困る話題だとは思ってる」

「俺もだよ。でも俺は河野と違って、奴らに合わせてへらへらしちまう。上っ面で付き合って遊んでばかして」

あいつらこんなくだらない話もしてる、こんなふざけたこともしてる、と嶋野は愚痴を並べ立てた。ずっと喉の手前に用意しておいた憤懣やジレンマを、こみ上げるままに吐露しているようななめらかさだった。けど林田たちを非難しているようでいて、嶋野がもっとも苛ついて、責めて、罵っているのは、現状を変えられない自分自身なんだと否が応でもわかった。

同族嫌悪、と表現した嶋野の胸中が見えてくる。不思議なことに、クラスの中心人物たちがつくる賑やかな輪にいても嶋野は孤独らしいのだ。

「嶋野の演技、観てみたいな。一般人も行ける公演があったら招待してよ」

「きてくれんの？」

「行く」

俺が林田にゲイだと打ち明けて友だちになろうとしたのも、いじめに屈したくないと思う勇敢さを得られたのも、たったひとつのきっかけだった。それが賢司さんだった。嶋野にはいつかそんな話もできるだろうか。

頭上には水色の空が清く果てしなく広がっている。

試験まで一週間を切ると日々に影が差して憂鬱《ゆううつ》さが増す。あと三日だ。
受験生になったらどうなるんだかと呆れながら、昨日の土曜日は布団を干した。ふくふく膨らんだ布団は、ベッドに腰掛けている俺の隣で太陽の香りを漂わせている。
──『自由であることは同時に、不自由でもあるね』
シイバのむこうの賢司さんが言う。日曜の午後二時、時間があるからと『アニパー』に呼んでくれたので話していた。

自由であることの不自由。縛られないことの不幸。

賢司さんは母さんの『自由っていうのはそれだけ自分を試されることなのよ』という言葉に感銘を受けたと言って、そんな感想を呟いたのだった。

──『素敵なお母さんだよ。一吹が立派にひとりで暮らせているのも納得だな』

あの怠惰な数ヶ月については話さなかった。たぶんずっと話せないと思う。賢司さんのなかで立派な自分でいたかった。ばかげた格好つけ。

──『金曜日、一吹はなにしてたの』

賢司さんはなぜか学校のことや母さんのことを知りたがる。

訊かれるままに、俺は嶋野のことも教えた。無論ゲイ云々の件は伏せたけれど、嶋野というクラスメイトがいること、役者になりたいと語ってくれたこと、クラスの輪の中心にいるのに俺を同族だと思ってくれていて驚いたこと、などを。

──『またいい友だちができたね。人付き合いで満たされるためには場所じゃなくて相手を選ぶことが重要だから、嶋野君も一吹と仲よくなれてきっと喜んでるよ』

──『場所じゃなくて、相手か……』

賢司さんが諄々《じゅんじゅん》と説《と》いてくれる言葉は、すっと胸に浸透して納得になる。

──『でも俺はミチルや嶋野みたいに上辺の付き合いができるのも大人だと思います。俺もそうなりたいと思う。間違ってるでしょうか』

──『俺の回答は主観にすぎないし、なにが正しかろうと人間は個々にできることとできないことがあるからね。正否を導きだすのもその後どうするかも、一吹自身が決めていいんだよ。ただ俺はいま悩んでいる一吹も今後変化していくであろう一吹も、変わらずに好きだろうな』

いまも今後も、変わらずに……。

──『無理しなくてもいいってことですか？』

──『一吹にはお母さんの教えや、辿ってきた過去があるよね。それは染みついて消えない、一吹を形成している根本的なものでしょう？　俺にとって大事なのはそこなんだよ』

顔を上げて部屋を見渡す。冬の淡い陽光で霞《かす》む黄金色の室内、昼下がりの静寂。

賢司さんの言葉が甘くて温かすぎるから、現実を確認していないと平静が保てない。

──『一吹はどうして躍起になって大人になろうとしてるの？』

返答に、すこし間をつくってしまった。

──『賢司さんに追いつきたいから』

賢司さんの返事にも間があった。

──『こんなくたびれたおじさんを浮かれさせてどうしたいの、きみは』

おじさん。きみ。

──『賢司さんはくたびれてないし、おじさんでもありません』

『それと、』と、若干の勇気を要する言葉を、緊張で震えそうになる指で打って送信した。

――『それと、きみじゃなくて一吹って呼んでください』
また沈黙していた賢司さんは、やがて『一吹』と呼んでくれて、
――『可愛い、一吹』
と続けた。喜びのあまり暴れださないよう力んで身をかためる。落ち着け落ち着け。深呼吸、深呼吸。吸って、吐いて。
――『一吹と話してると、姉貴の子もこんなふうに悩んだのかなって想像するよ。一吹みたいに可愛かったら俺は過保護になっただろうな。一吹は俺にたくさん希望をくれるね』
浮ついていた心が、姉貴の子、という文字に打ち砕かれた。
――『一吹に会えてよかった。ミチルちゃんや嶋野君たちと仲よくしながら、俺とも末永く友だちでいてね』
かろうじて『はい』と返す。
この人の〝姉貴の子も〟という言葉には自分の想像が及ばないあらゆる感情、愛情後悔憎悪寂寞《せきばく》、それ以上の言葉とも形容できないものが凝縮されているのを感じる。
彼の希望でいたい反面、身がわりでしかないのだとしたら哀しい。でもそんな欲求を素直に伝えて絶望させたくはないから、言えない言葉が増えていく。恋情のせいで欲深く醜くなる。
心の全部じゃなくて、半分で好きになればよかった。そうすれば辛さも半分だったのに。
こんなに寂しい友だちは、死ぬまで賢司さんだけでいい。

――『賢司さんはどんな女性が好きなんですか』

――『あ、シスコンだと思ってるな？　よくからかわれるんだよ』

――『べつにシスコンでもいいですけど』

――『いいのか』

――『髪の長さとか年齢とか性格とか、どういう人が好みなのかと思って』

――『俺の好みは簡単だよ。恋人に遠慮しない子、隠し事をしない子、嘘をつかない子』

そのシイバの言葉が消えたのと同時に、ぱっとチルが姿を現した。

――『うわやだっ。日曜日までふたりで話してるの？』

第一声がこれだった。

こんにちは、と俺と賢司さんがおじぎすると、ミチルも一応こんにちはと返事をくれる。

――『ソラがオンラインだったから追いかけてきたらここなんだもん。びっくりした』

ここ、はシイバの部屋だ。ミチルが賢司さんに『バスで会う会社員の人ですよね？』と確認して、彼も『そうですよ』とこたえる。

――『じゃあ俺は退散しようかな』

――『えっ、あたしが邪魔したみたいじゃないですか、いてくださいよ』

ふたりが『でも俺は一吹と一時間ぐらい話したから』『えーなんか嫌だ。あたしが帰りますよ』『こらこら』と押し問答している。ピンクのネコと、灰色のオオカミ。

――『俺は三人で話したいです』
俺の発言が鶴の一声になった。誰もなにも言わない数秒が流れたのち、
――『じゃあ三十分だけお邪魔しようかな』
と賢司さんが言い、それから三人でのチャットが始まった。
新入りのミチルを中心に学校や『アニパー』のことを訊きながら、賢司さんの自己紹介もまじえて談笑する。賢司さんもミチルも相手を尊重する会話運びをするので、当然相性もいい。
――『ソラは名前で呼ぶのは特別だって言ってたでしょ。あたしは何人目？』
日が傾き始めた頃、ミチルに訊かれた。
――『ふたり目だよ』
――『ふうん、そっか』
チャット中、俺は無意識にシイバを〝賢司さん〟ミチルを〝チル〟と呼んでいた。
――『ひとり目でしょ一吹？』
――『いえ、賢司さんがひとり目ですよ』
――『俺には〝さん〟がついてるからノーカウントだよ。ね、ミチルちゃん』
賢司さんはチルをずっと〝ミチルちゃん〟と呼んでいた。
――『んーでも、あたしだってシイバさんみたいな大人を呼び捨てにできませんし』
ミチルは賢司さんを〝シイバさん〟と呼んだ。

いつの間にか室内には黄昏《たそがれ》が降りて、くすんだセピア色の光に浸《ひた》っていた。本棚もベッドも、デジタル時計もアナログ時計も、スマホを持つ自分の指も。

中学生の頃のひとりの帰り道を思い出す。川沿いの砂利道《じゃりみち》、まっすぐのびた道の端に規則的に並んでいる古びた外灯、トンボの群れ、草木の香り、じゃりじゃり、という俺だけの足音。

太陽は赤く、残光の広がる空を夜の群青《ぐんじょう》が覆い始めていて、雲は淡い灰色の帯になっていた。

俺は世界に拒絶されているような気がしていて、友だちもいなかった。

遠慮しない子、隠し事をしない子、嘘をつかない子。賢司さんの文字が頭から離れない。

――『ソラ？』

――『ソラ、どうしたの？』

黙っていた俺をふたりが呼んでくれたのはほとんど同時だった。

――『うん、ここにいるよ』

俺は言葉を送って、ふたりにこたえる。

翌日の月曜日、バスではまたミチルと一緒だった。戸崎さんはいない。

「あのさ、一吹が好きな人って、まさかシイバさんじゃないよね？」

ミチルが訝しげにそう訊いてきたのは、みっつ目の停留所を越えたときだったと思う。

俺は度肝を抜かれてなにもこたえられなかった。

「変なこと言ってごめんね。でも一吹、ちょっとシイバさんと仲よすぎっていうか……あたしがバスの一吹しか知らないからだと思うけど、その……あの人もバスで一緒になるだけの男子高校生とわざわざ休日までチャットで会ってるとか、おかしくない？」

不穏な沈黙が流れだすのを遮《さえぎ》るように、ミチルは〝変なこと〟を連ね続ける。

「だって大人だよ？　歳の差もあって話が合うわけでもないのに変だよ。しかもいま出張してるんだよね？　まさかとは思うけど、恋愛感情があるって疑うと納得い、」

「違うよ」

と言い放っていた。

「あっ、だよね、違うよね？　よかったー」

ミチルは安心したようすでシートに凭れる。

「一吹がホモだったらショックだもん。そんなの一番嫌な失恋でしょ？　だから、ごめんね」

言えなかった。

一分二分と経つにつれ薄ぼんやりした悔恨が色濃くなっていく。

学校でいじめに遭うのは怖くないのに、ミチルに軽蔑されるのは怖かった。関係を壊したくなかった。友だちに、嘘をついてしまった。

昼休み、昼食はまた嶋野に強引に誘導されて裏庭でとった。そして嶋野が演技に目覚めたのは小学生の頃に観た映画だとか、『こころ』をどう思ったかとか、そんな話を聞いていた。

俺は林田を避けたいわけでもないので、嶋野が俺をかまってくれる真意は計りかねる。裏庭は寒いからこの時期ここで食事する生徒もいない。でも夢について語る嶋野は活き活きして楽しそうで、すこしだけ癒やされた。


火曜日の夜十一時、賢司さんからメールが届いた。

『帰ったよ一吹、ただいま』

会いたい。

賢司さんが目と鼻の先にいると思うと家を飛びだして会いに行きたくなった。顔を見たい。声だけでも、香水の匂いだけでも、一瞬だけでも……けどそれも、〝変なこと〟なんだろう。疲れている賢司さんに迷惑をかけるでもないし。

『お帰りなさい。ゆっくり休んでくださいね』

興奮を抑えた文面にしなくてはと試行錯誤《しこうさくご》したら、素っ気ない返事になった。

『ありがとう一吹。明日の朝会えるのを楽しみにしてるよ』

賢司さんはなめらかに言った。会えるのを楽しみにしてる、と。まるでなんの怯えもなく。

遠慮しない子、隠し事をしない子、嘘をつかない子――あの文字は記憶にこびりついてしまった。遠慮しない子、隠し事をしない子、嘘をつかない子。俺にできないすべてのこと。

『一吹は俺にたくさん希望をくれるね』

『一吹に会えてよかった』

『俺までひょろりんみたいに男にも手だしする変態だと思われたのかな?』

『友だちになりたい相手には本心を言いなさい』

『我慢は溝しかつくらない』

『俺まで――変態だと思われたのかな?』

窓辺に立っておぼろ坂を眺める。外灯が光る夜の先に、賢司さんのアパートも見える。

賢司さんがいるこの世界からはぐれたらどうなるんだろう。もう一度ひとりで上手にやっていけるだろうか。ミチルや嶋野たちと、笑って生きていけるだろうか。

強くなる。大人になる。呪文のように繰り返し念じる。

強くなる。大人になる。賢司さんの幸せを、一番に優先する。

マフラーを結わいた。くちが隠れるぐらい高めの二重巻きにして、首のうしろで。

バス停へ行くと賢司さんが並んでいて、いつかのように、おはよう、とくちで挨拶をくれた。黒いスマートなコートの下に細身のパンツをはいた長い脚が伸びている。

俺もいつかと同様に頭を下げて挨拶したけど、マフラーの奥で唇の端が思いきり引きつっていた。

バスがきて賢司さんが一番うしろの席に座り、おいで、という微笑で招いてくれるから横へ行く。足が弾まないよう慎重に。

朝日の白さも、乗客の顔ぶれも、バスの排気ガスの匂いも、まるで俺を惑わせはしなくて、賢司さんの気配と表情と香りに意識が奪われる。賢司さんだけしかいない。俺の心に。

「おはよう一吹」

声が、金色《きんいろ》に煌《きら》めいて聞こえた。

「……おはようございます、賢司さん」

俺のは上擦《うわず》ってかさついた情けない声。

存在感というのは、温度を帯びているんだと知った。

俺よりもやや上の位置にある顔、広い肩幅、厚い胸。俺を見てくれる目、唇に浮かぶ笑み。膝の上の手、動く指。声。

いる。賢司さんがいる。

「どうしたの、緊張してる？」

「平気です」

必死に抑制しておかないと、目が泳いで挙動不審になりそうだった。

賢司さんをきちんと見返して笑顔のようなものを浮かべて、不自然にならないようそうっと視線をそらす。

「出張中、話し相手になってくれてありがとうね」

「相手してもらったのは俺じゃないですか。忙しかったでしょうにすみません」

「いや。仕事頑張ってくださいっていつも言ってくれる一吹の濃《こま》やかさに俺も甘えすぎたよ」

「そんなの、濃やかでもなんでもないですよ」

舌を嚙みそう。隠してきて正解だった。

この人だったな、と見つめながら実感していた。シイバのむこうにいたのはこの人だった。以前も感じたけど、チャットの文字世界に慣れてしまうとどうしても実体が遠ざかるから、会うと現実を疑ってしまう。

こんな優しい目をした、こんな甘い笑顔を浮かべるえくぼの愛らしい大人が、俺を励ましたり可愛いと言ってくれたりしていたなんて信じられない。

「あの、大阪での仕事って、どんなことをしていたんですか」

たくさんの話したい事柄から、まずはこれを選んだ。出張、の流れで。

「プロジェクトの進行と、あとは広告関連の取引先の接待かな」

「プロジェクト」

「新しいこと考えていかないとね。真似事じゃやってても面白くないし、流行はつくっていくものだから」

「真似事って、」とか「流行って、」と突っこんで訊いてみたものの、賢司さんは漠然とした回答しかしなかった。俺に仕事の話をしてもしかたないと思っているのか、外で仕事の話はしたくないと考えているのかは判然としないけど、

「一吹はいつから試験？」

と話題転換されてしまったので、そのまま素直に打ち切った。

「今日からです」

母さんが前に愚痴っていたのを思い出す。

『会社を離れてまで仕事の話しかできない奴はほんっと駄目ね。テレビの話でも趣味の話でも、幅広い話題を持っていて人を楽しませられるのが真の有能な人間なのよ』

「そうか、今日から試験なのか。あんちょことか見なくて大丈夫？　俺邪魔してるかな」

あんちょこ……？

「ええと、どうせバスの十五分じゃ勉強にならないから」

「そう。――いまになって思うけど、学生生活の方が制限が多くて辛いよね」

「え、社会人の方が大変じゃないですか」

「いやいや。試験もないし、飲み物も飲めれば自由にトイレにも行けてらくちんらくちん」

トイレ！　と笑ってしまった。でも五十分教室に監禁されない伸びやかさは羨ましいかも。

あはは、と俺と一緒に賢司さんも笑ってくれる。母さんの理論でいうなら賢司さんは有能だ。

こんなに簡単に幸せにしてくれる素敵な人。

「一吹におみやげ買ってきたんだよ。生物《なまもの》なんだけど、試験勉強の息抜きに食べてほしくて」

「そんな、気をつかわせてすみません」

「今夜仕事が終わったら渡しに行くね」

「いえ、とんでもない、俺が行きますよ。賢司さんが帰宅したら連絡ください」

丁重に断って申しでたけど、爽やかに微笑むだけで返答を濁《にご》されてしまった。

会話がとまる。賢司さんが身体ごとこちらをむいて、なにやら無遠慮なほど大胆に俺を凝視してくるから、俺も冷静だと示すために見返しては数秒で根負けして視線を外す。

目を見て、はにかんで、やや俯いて、そうして無言の交歓《こうかん》をしていると、ふいに彼の右手が伸びてきてくち元のマフラーをくっと下げられた。

心臓が爆発した。悲鳴もでなかった。飛び上がりもしなかったけど、右足の爪先の位置だけわずかにずれた。顔が熱くて硬直したまま狼狽える俺を、彼は微苦笑して観察し続けている。

隠れるなよ、と。責められたのかと思った。

バスは一瞬で岬駅に着いてしまった。

ひとりの十五分は長いのに、ふたりの十五分は恐ろしく短い。

「じゃあ、とりあえず仕事から帰ったら連絡するね」

別れ際賢司さんはそう言って俺の頭を軽く撫でた。

「はい、待ってます」

なにかもっと話をしたくて、

「仕事、今日も頑張ってください」

と言って長引かせた。

咄嗟にでただけの激励を、賢司さんは酷く嬉しそうな笑顔で受けとってくれて、

「ありがとう。一吹も試験頑張ってね。また夜に」

と肩も叩いて元気づけてくれてから駅の改札へむかって行った。

小さくなっていく賢司さんは振りむかない。名残惜《なごりお》しいのに興奮したせいか疲れてもいて、どっと脱力する。でも胸は熱い。恋苦しさと歯痒さと疲労感の、てんでばらばらな余韻がごっちゃになってせめぎ合っている。

夜も会える。おみやげをくれる。生物《なまもの》ってなんだろう。

高揚したままじゃ試験に集中できないから、学校へむかいながらその陰気さをどうにかとり戻そうと努力した。

休み時間の数分にも嶋野と林田と三人で「ここがでる」「ここがきそう」と単語やら数式やらを頭に叩きこんで挑んでいるうちに、試験一日目はあっさり終了してしまった。

「河野、週末の合コン行くの？」

帰りしな、下駄箱で靴をはきかえながら嶋野が訊いてきた。

「林田が行くって言ってたやつ？　それなら約束したよ」

「合コンだぞ」

「林田の応援に行くだけだよ」

「お人好しすぎんだろ」

呆れられて、うーんと考える。正午に漂う陽光はうらうらと軽い。

「そりゃ嗤われて腹も立ったけど、よくよく考えてみればあいつは否定もしてないんだよ。ゲイだっていうのを珍しがってただけで、いまも普通に接してくれてるし」

「ばかだぞあいつ」

「それも苦手なだけで嫌うほどじゃない。あけすけな性格だってちょっと憧れるし」

校庭へでて正門にむかう。嶋野が俺を睨んでいるので「あいつはさ、」とフォローを重ねた。

「あいつは席がえしてから普通に話しかけてくれてるんだよ。俺浮いてたのに、あいつそういうの気にしないんだよな。だからばかっていわれるんだろうけど俺は嬉しかったから」

「俺だって河野と話したいと思ってたぞ。話しかけてたろ、たまに」

「そうだっけ。……ていうか、どうして怒るんだよ。嫉妬か？」

「おまえが男好きって知ったら嫉妬したくなってきた」

「ここにもひとりばかがいるな」

吹いたら、嶋野も「うるせえ、俺と仲よくしろ」と恥ずかしいことを言って笑いながらど突いてきた。「してんだろ。誰かと下校すんの初めてだぞ」と俺も殴り返してじゃれ合う。

林田の鷹揚《おうよう》さに、俺は癒やされている。善人気どりってわけじゃなく、あいつとも付き合い続けられたらと思うのは本心だった。

その後、嶋野が「一緒に勉強しようぜ」と言いだして、「一緒にやったって捗らないぞ」とかなんとか問答したすえ、うちへ行くことになった。

飲み物とお菓子を買いこんで帰り、リビングでテキストを広げる。

わからない問題は教え合って、意外にも八時過ぎまでしっかり勉強できた。

「わりと頭に入ったかも」

「河野に教わって俺も自信ついた。今回は赤点免《まぬが》れるかもなー」

俺演劇とバイトばっかで全然勉強してねえからさ、と嶋野が話す横で俺のスマホが鳴った。

「お、いいよでて」と許可をもらって確認したら、賢司さんからのメールだった。

『おぼろ坂に着いたよ。一度帰ってから行くね。マンションの部屋番号教えてくれるかな』

今朝話したおみやげのことだ。

「嶋野ごめん。俺、夜に人と会う約束してたんだ」

「おお、じゃ帰るか。もうこんな時間だしな」

嶋野を送りに行くためにマフラーを巻いて、メールの返信を打つ。

『いま俺も下に行きます。バス停のところで待ち合せましょう』

家をでると嶋野とエレベーターで地上に降りた。賢司さんはまだきていない。

バス停で嶋野が乗るバスを待つあいだ「そういえば俺、河野の携帯番号知らないな」と言われて交換した。「河野のスマホ新機種?」「古いよ」などと他愛ない会話にこたえる自分は、いつもより陽気だなと感じる。友だちと家で勉強したり夜道で立ち話したりするのは初めてだったから、喜びで浮き立っている。

「一吹」

数分後、賢司さんがやってきた。通りの前で左右確認して軽やかに走ってくる長い脚、歩幅、その姿。

「賢司さん、こんばんは」

「こんばんは。——こちらは?」

賢司さんが嶋野に微笑みかける。「友だちの嶋野です」と紹介して、嶋野にも「仲よくしてもらってる大柴賢司さん」と紹介になっていない紹介をする。

「ああ、彼が未来の俳優、嶋野君」

賢司さんが笑顔で頷くと、嶋野は俺を肘で突いてから「どうも」と挨拶してくれた。

「嶋野君は帰っちゃうの？　これ出張のおみやげなんだけど、チーズケーキだったんだよ」

そう言いながら賢司さんが俺にくれた袋のなかに、ワンホールぶんと思われる大きな箱が。

「俺は家で夕飯用意してくれてるんで帰ります」

「そうか。ごめんね、もっとはやく持ってくればふたりにごちそうできたのにね。いま若い子にも人気のおみやげはこれだって、大絶賛されて選んできたんだから」

「なら大柴さんと河野が食べたらいいじゃないすか。ケーキは長持ちしないでしょうし」

えっ。嶋野がしれっと提案してくれたのと同時にバスがきてしまった。

「おーグッドタイミング。じゃ、俺行きますんで。河野また明日な」

ひらひら手を振って嶋野はにっこりバスへむかう。走り去る巨体を賢司さんとふたりで見送って暗い夜道に残されると、自分からも誘ってみた。

「あの、うちで一緒に食べませんか。ひとりより、ふたりの方が美味しいだろうから」

「うん、じゃあせっかくだし、お言葉に甘えてお邪魔しようかな」

嶋野サンキューだぜ……。

エレベーターに乗った瞬間スマホが鳴った。嶋野からのメールだ。

『あの人河野の好きな人だろ？　おまえ一瞬で顔が乙女《おとめ》になってたぞ！』

賢司さんに失礼して返事を打つ。

『なってねーよ』

『なってたっつの。けんじさんっ、つって目がきらっきらしてたわ。でもありゃ嫉妬もできねえ、格好よすぎてどん引いた。ちゃんとチーズケーキでらぶらぶしろよ』

嶋野のメールが沁みた。どうしてかこいつも俺を軽蔑しないでいてくれる。

「嶋野君は俳優顔だね、男前だった」

賢司さんも褒めている。彼に友だちとして嶋野を紹介して、自分の成長を感じてもらえたのも嬉しかった。安堵に近い感情で思う。よかった、と。

家に入ると、さっきまで勉強していた散らかし放題のリビングの先にある自室へ案内した。

「賢司さんは夕飯いいんですか」

「今日は食べてきたんだよ。一吹はいいの？」

「えーと……ケーキ食べてから考えます」

キッチンでケーキと紅茶を用意して戻る。

床に座布団で座って、テーブルの上のチーズケーキと紅茶を囲むささやかなお茶。

ケーキは食べてみたら舌にしっとり馴染んで、予想していたのとはまったく違う味がした。

「チーズの風味が淡くてほんのりしてますね。癖がないから食べやすいです」

「うん、これは美味しいね。大阪支社の女の子がこぞってすすめてくれたから有名なんだなあとは思ってたんだよ。ほら、大阪の人って味に厳しいけど並んでまで食べないっていうじゃない？　でもこのケーキはみんな列をつくってでも食べるぐらい人気だって評判らしくて」

「そうなんですか……貴重なケーキなんですね。大事に食べないと」

社員の人にいろいろ訊いて選んでくれたんだ。賢司さんが自分のことを頭に思い描いて人と会話を繰り広げてくれたのかと思うと嬉しくなった。大人の彼の生活に、すこし闖入《ちんにゅう》できた。

「部屋、さすが綺麗にしてるね。一吹の性格がでてる」

不躾にならない程度に、賢司さんが視線を巡らせる。

「本棚に本が隙間なく詰まってるのも一吹らしいな」

「いえ、全然そんな」

勘違いですよ。気が緩んでしまえば、俺はとことんだらしなくなるんです。賢司さんに神々しいと思われていたいから怠けた面を内緒にしている、最低人間なんです。

「……俺が一ヶ月に百冊読んでたのは、ほんの三ヶ月程度のことだよ」

そっと、賢司さんが切りだす。

「姉貴が怪我させられたあと俺も精神的に荒れてて、元旦那が憎くて困っててね。衝動的にばかなことまでしそうだったから、本読んで必死に思いとどまってただけ」

「ばかなことって、」

「殺してやりたいと思ってた」

邪気のない笑顔でからっと言うから、ぞっとするほど怖くて哀しかった。

「こうやってナチュラルに姉貴の話をできる相手はいなかったな。変に気づかわせるのが嫌で遠慮してたからなんだけど、一吹といると本当は話したかったんだな、誰かに聞いてほしかったんだなって気づくよ」

「俺、賢司さんの役に立ててますか」

「もちろん。甘えさせてもらって申し訳ないぐらい。俺は若い頃、一吹ほど立派じゃなかったよ。一吹が大人になるのも楽しみだな。学力も財力も簡単に追い越されそうだもんなあ」

賢司さんのなかの偽りの自分はまばゆく輝いてどんどんひとり歩きしていく。彼に会うまで、俺は嶋野みたいな夢もなければ志望校すら定まっていないぼんやりした高校生だったのに。

「なんとなく懐かしいよね」

嬉しそうに微笑んだまま、賢司さんは紅茶を飲んだ。

「ずっとチャットで話してたから不思議な感じだよ。……ソラと一吹はちょっと違うかな？」

男だ、ってことが文字だと見えないから？

「……賢司さんが言うほど、可愛くないでしょ」

チーズケーキを見下ろして言う。ふて腐れた声音《こわね》になったかもしれない。

「あ、いまのはソラっぽかった」

あははっ、と笑われてしまった。

「甘い言葉をくれたり拗ねたり、ソラはもうすこし幼いからね。あっちが素に近い？」

「すみません」

「可愛いよ、どっちの一吹も」

「甥っ子さんだったらって、思ってくれてるからですよ」

「あー……甥っ子でも弟でもいいけど、猫っ可愛がりしたいな。近頃の男子高校生ってズボン下げてコンビニの前でたむろしてる汚い子たちばかりだと思ってたから珍しさもあるのかも」

「汚くて、親の金でモバイルゲームに何万もつぎこむような……？」

「はは、そうそう。深夜に一吹と携帯メールで話した日、『帰ってきたっていいですよ』ってもらったあと、俺頭抱えて悶えてたからね」

「鬱陶しがらせたんじゃないんですか」

「俺が一吹のことを鬱陶しがるわけがないでしょう」

目を細めて賢司さんがやんわり微苦笑する。

「鬱陶しがると思ってるの……？」

問いかけに変わった声は叱ってくれているようでもあった。

許されるなら言いたい。俺が理想の甥っ子になれないことも弟なんて願い下げだってこともチャットやメールで届けた甘い拗ねた言葉ももう一度、このくちで洗いざらい全部。

「でもまた行かないといけないかもしれないいんだよね」

「大阪に、ですか？」

「ちょっと問題児がいてね。部下の女の子なんだけど、もうすこし教育が必要そうで……」

賢司さんが一点を見つめて言葉尻を消した。意識がその女性に飛んだ、と直感した。なにか考えこんで石のようにかたまった数秒後、ふっと思考をほどくと、

「まあ、行っても二、三日だろうけどね」

と〝こっち〟へ戻ってくる。……まさか。

「その人が、恋愛として気になるんですか？」

「え。どうして？」

「いえ、ただ……なんとなく」

「なんとなく？」と上目遣いで探られて、苦々しく俯いたら笑われてしまった。

「んー……部下だから厄介《やっかい》だしねえ、どうだろう。悪い子じゃないとは思うかな」

「好きなんですね」

「ノーコメント」

眉を下げて苦笑いするようすが楽しそうだった。

賢司さんの心はするりと女性にむかっていく。なんの作為もなく、正しい道筋を辿って。道筋。たとえるならそれは茨道《いばらみち》でも、ましてや夜のバスの坂道でもない綺麗で明るい道なんだろう。綺麗で見晴らしのいい、大多数の人が選ぶ道。

そのときまた俺のスマホが鳴った。嶋野かと思いきや、画面には母さんの名前がある。

賢司さんに「母です、すみません」と告げて、応答してすぐ謝った。

「母さん？　ごめんね、いまお客さんがきてるからまた明日にして」

『あら、彼女連れこんでるのお？　家で変なことしないでよねえー』

してほしい、という真逆の訴えがありありとわかるいやらしい物言いに、苦しくて苛々した。

「変なことってなんだよ。彼女じゃなくてただの友だち」

『ちゃんと送ってあげなさいよ。夜道は危険なんだから』

「違うってっ」

ふふふ、と笑って母さんは電話を切った。愛してる、もなしに。

俺の粗暴な態度に驚いたのか、賢司さんが、

「俺、ご挨拶した方がよかったかな？」

なんて言う。

「いいですよ」

「そう？　一吹といると保護者気分になるな」

保護者。甥っ子の次は保護者か。

「賢司さんの子どもになんか、なりたくない」

「お、反抗期？」

衝動でつい暴言を吐いた。最低だ。空気を切りかえる会話の糸ぐちなど見つけられもしない不器用さが嫌で嫌でさらに苛ついて、拗ねるしかない。

顔でも洗ってこようか、と思ったら、

「ごめんね。一吹は俺に追いつきたいって言ってくれたもんね」

と賢司さんが右の掌で俺の頬を撫でてくれた。

「考えてごらんよ。子どもだと思ってたら一緒に彼女つくろうなんて約束持ちかけないでしょう。一吹が大人だと思うからこそ、年相応の面を見ると可愛くも感じるんだよ。からかいすぎた、ごめんなさい」

賢司さんの掌は目で見るより大きかった。顔の半分をほとんど覆われている。思いの外厚みのある掌、睫毛に届きそうな人差し指、目の下につく親指。

どこからこんな熱い体温が湧いているんだろう。心、かもしれない。心が温かくて、だから手も温かくて、同じように温かい人たちが彼のまわりに集まってくる。

大阪の女子社員さんも、こんなふうに口説かれたら嬉しいだろうな。こんなふうに見つめられて、こんなふうに想われたら幸せだろうな。こんな掌で抱いてもらえたら、……抱いて、もらえる女性が、羨ましい。

「すみません、ばかなのは俺でした。……賢司さんが謝るのはおかしい」

もっと触っていてほしいと願いながら、彼の手を退けた。

「ばかじゃないよ」

「ばかです」

「可愛いってば。ツンデレ男子高校生の一吹君」

「ツンデレとか言わないでくださいよ」

「いまどきの言葉ぐらい知ってるよ、ちゃんと勉強してるんだから」

あんちょこなんて、俺は知らない。

「賢司さんがツンデレとか言うと違和感があります」

「童貞ニートのゲームオタクを演じてた俺を舐《な》めるなよ?」

「変なこと言ってたんですか」

「ツンデレ男子高校生萌《もえ》ー、とか?」

「うわ、聞きたくない」

顔をしかめたら大笑いされた。

「一吹は俺に理想を抱きすぎなんだよ」

そんなことない、と拗ねたまま、いつの間にか彼の話術に流されて空気が軌道修正されているのに気づく。彼が微笑んでいる。仲直りできてよかったよ、というような穏やかな瞳で。

「賢司さん」

「ん?」

貴方の傍に、俺はずっといられるだろうか。

「大阪に出張しても……時間があったら、また俺と話してください。『アニパー』で」

賢司さんの頬がふわりと綻んで、子どもみたいに無垢《むく》な笑顔になった。

「もちろん。毎日でも癒やしてほしいから、俺にも一吹の時間をちょうだいね」


「もっと詳しく馴れ初め《なそ》を話せよ、ケンジィさまとの」

「ふざけた呼び方よせ」

金曜の夜、試験を終えた俺たちは岬駅の焼肉屋へむかっていた。男女それぞれ五人の総勢十名。騒ぎながら進む集団に遅れてついて行く格好で、俺と嶋野も加わっている。

「バスで会ってて、『アニパー』ってのもやってて、んで仲よくなっていっただけ?」

「そうだよ」

ふたりで小声を意識して会話する。

嶋野には賢司さんとの出会いと彼の仕事と『アニパー』のことを説明した。

お姉さんの事件は「彼に家族関係の後悔があって、」とぼかしたので若干理解し難かっただろうが、賢司さんが俺の腕の傷にただならない思い入れを抱いてくれていること、だから親しくしてくれていることは伝わった。彼女をつくる約束をしたことも。

「告らねえの？　可愛がってくれてるなら、ゲイって知っても河野を嫌ったりしないだろ」

「いつかはとは思うけど、悩んでる」

「なんで」

「想像してみろよ。俺が嶋野に告白したらどうする？」

「にやける」

「あほ」と腕を殴ったら、嶋野は「いてー」と笑った。

「好かれたら一応は嬉しいだろうよ」

「その先だよ。嶋野は俺と友だちでいてくれると思うよ。現にいまもそうだからな。でもおまえに彼女ができたらどうする？　俺に紹介するか？　喧嘩《けんか》したら相談できるか？　失恋したら泣きついてくれるか？」

「あー……そこまで無神経になれねえな」

「だろ。一度恋愛感情が発生して終わったっていう亀裂《きれつ》ができるんだよ。お互い気づかうし忘れないから一生消えない。だけどあの人は結婚しなきゃいけない人だし、俺は長く友だちでいたい」

　俺の部屋でチーズケーキを食べていた賢司さんを思い出す。あそこには彼の部屋にある革張りのソファーなんかない。座布団に座って床にあぐらをかく脚が長くて邪魔そうで、貧相に見えて、申し訳なかった。

本当に不釣り合いだ、と思った。歳の差も、友だちという関係も、俺の想いも。

現実に念を押されるようにまたすとんと腑に落ちた。自分とこの人は違う種類の男なんだな、と。

「告らないで、彼が結婚したあとも見守っていくつもりなのか?」

嶋野の言葉に誘発されて、賢司さんと女性の寄り添う姿が頭に浮かび上がる。どこかの公園で赤ちゃんを抱いて、幸福そうに笑っている妄想まで。

「黙って墓場に持っていくのも、ひとつの愛し方かもな」

「悟ってんなあ。女と結婚する以上に河野が幸せにしてやりゃいいじゃん」

「いまでさえ大人のあの人に甘えて、こっちが幸せにしてもらってるのに?」

「ん〜……まあ大人だわな。三十過ぎの副社長を俺らが幸せにするってのは無謀か」

「それこそガキの発想だろ。具体的な計画もなしに暴走するのは大人じゃないよ。どうあれ、大阪支社に気になる人がいるって聞いたばかりだし、迷惑かけるのはいまじゃないよな」

幼さゆえの無力さは、時折烈《はげ》しい劣等感になって身体を雁字搦《がんじがら》めに縛る。

これからうまいものを食おうっていうのに、なんだか気落ちした。

店に着いたのでおよそ合コンの参加者とは思えない会話を中断して、集団の最後尾から店内へ入る。嶋野もくち数が減っている。もっとも、女子がいる輪のなかでこいつが無くちになるのはいつものことだけど。

「こっからはクール君か」

肘で突いて茶化してやったら、「うるせ」と嶋野もすこし笑ってくれた。親身になって聞いてくれたのに、一緒にへこませてごめん。

それでも予約席へ案内されるままぞろぞろ奥へ行くあいだ、店内に充満する匂いとジュージュー響く音と熱気に魅了されて気分が軽くなってきた。

「河野、こっちこいよ」

林田に呼ばれて「はいはい」と隣に座る。嶋野も「普通女子の隣に行くんじゃね？」と突っこみつつ俺の横にくる。

「最初はむかい合って座るんだよ！」

林田が吠《ほ》えて、俺と嶋野はふたりして「はいはいはい」と宥《なだ》める。

そして女子五人が前に並ぶと、正面でマフラーを外す子とその横で長い髪をよけてメニューを開いた子のあいだのむこう、奥の席に、見覚えのある横顔……——賢司さんがいた。

女性とふたりでいる、と息を呑んだら、彼もふいっとこちらに視線をむけて、あ、という顔をした。硬直する俺に、でも彼は微笑して目をそらす。

一秒にも満たなかった。彼の連れの女性も、俺の周囲の男女も誰も、賢司さんが俺に挨拶してくれたことには気づかなかった。

彼ももう俺を見ない。ここは双方にとってプライベートの場で、朝のバス内でも『アニパー』でもない、と区切られたのがわかる。現実に、戻っていく。

「おい河野、あそこっ」

みんなが料理と飲み物を選び始めた頃、嶋野も賢司さんに気づいた。やばくね？　と無言で眉根を寄せて心配してくれるけど、どうしようもない。

「とりあえず食べよう」

「のんきか」

メニューに隠れて話す。

「俺が彼女つくるのは、賢司さんの喜ぶことでもあるから」

「あそっか、そんなしょうもねえ約束してるんだっけか」

「むしろつまらなそうにした方がよくないだろうな」

「無駄に苦労人だなおまえはっ」

林田が横から「おい！」と俺の肩を引っ張る。

「食いもん決めたのかよ！」

怒られて、嶋野が「カルビとロースとタン、全部特上でありゃいいよ」と言い、俺も「飲み物はウーロン茶で」と早くちに頼んであしらう。

注文を終えて飲み物がくると、女子が連れてきた他校の女の子の自己紹介から始まって、俺らも名前と趣味なんかを言わされた。

「趣味は読書かな」と正直に教えたら「面接みたーい、あたし本とか全然読まないのに入試ンとき言ったも～ん」と笑われた。嶋野は「趣味はとくにないです」と無表情で言ってのけやがった。それも「無趣味やだー、でも格好いいから許す！」とけらけら笑われていた。今夜の女子陣はとにかく笑う。

賢司さんも女性と楽しそうにしている。料理を注文してあげたり、ジェスチャーまじりに話をしたり、逆に彼女の話を相槌を打って聞いてあげたり。こっちとは対照的な大人の雰囲気。

彼女は胸まである長い髪を左耳の横でひとまとめに結っている童顔の可愛い人だった。肩幅も腕も胴も折れそうなほど細くて全体的に小さい。笑顔が愛らしく、大きな目で賢司さんをきちんと見て話す。

焼けた肉を賢司さんの皿にとってあげる。飲み物を呑んでいた賢司さんは、ありがとう、というふうに微笑んで頷く。睦《むつ》まじい男女。ただし、彼女の白い腕には傷がない。

勝った、と優越感を抱いてしまった。賢司さんにとって腕の傷は優劣をつけるための道具じゃないというのに、勝った、と。

男のくせに、賢司さんと彼女の関係さえ知らないっていうのに、それでもその一点の汚れた光を味方につけなければ、楽しそうな、幸せそうな賢司さんの笑顔を受けとめることができなかった。

「河野、ほらちゃんと食え」

嶋野は察してくれているのか、頻繁《ひんぱん》に話しかけてくれた。

「ありがとな」

網の隅によけてもらった肉をとって食べる。美味しい、気がする。よくわからない。

「あれ誰だろうな。河野知ってる人？　会社の部下か？」

「知らないけど、副社長が部下を自分の家の最寄り駅に連れてきて焼肉食うかな」

「できの悪い部下を叱ってるとか？　んな雰囲気じゃねえか。そもそも副社長と呑むってどんな状況なんだ。俺らでいうと教師と呑む感じ？　うわ、ぜってー嫌だな」

「呑んで楽しい教師と、楽しくない教師がいる」

「俺、どの教師もゴメンだわ。説教されるに決まってる。つか気にすんなあんなブス、おまえの方が百万倍イケメンだから」

むちゃくちゃな慰《なぐさ》めまでもらって、かろうじて苦笑いを返したら、

「なんかさあ、おまえら急に仲よくなったよな〜……」

と林田がじろっと覗きこんできた。

「もしかしてもうヤッたんか？」

え。

「河野ホモだもんなー。コウジは河野ンことめっちゃ気にしてたし、ふたりして好きになっ

ちゃったの？　もう付き合ってる？　どっちが掘る方なん？」

「黙れよツトム」

嶋野が咎めたが、林田の声はかなり大きかった。

「俺の方が先に河野にお泊まりだって誘われてたんだぞ！　コウジに寝とられたっ」

「黙れっつってんだろ、このばか！」

女子陣も「えーなにそれ？」とざわつく。

「河野君ホモなの？　なんで今日きたの？」

「すごい、ホモって本当にいるんだ？」

「あたしちょっと興味あるかも！　ねえねえ、自分がホモっていつわかったの？」

……なんだ。なんなんだこれ。

周囲の視線がいっせいに突き刺さってくる、腕に鳥肌が広がっていく、引きつる。うまい返答なんて浮かびやしない。笑顔を貼りつけて手を振りながらとり繕うのがやっとだ。

賢司さんも瞠目《どうもく》している。

「そういえばあたし、このあいだテレビでオカマの人生相談観て泣いちゃったんだよね〜」

「あ、わかるー。あの人ら頑張ってるよね」

「自分より女子力高っ、て焦んない？」

「あるあるっ」

女子の会話はころころ変わって盛り上がっていく。

「なあなあ、河野はさ、コウジより俺の方が好きだったよな〜？」

林田に呼ばれて呆然と振りむいたら、突然襲われた。はっ、と息をとめたくちを塞がれる。

「やだ〜っ」と女子の弾んだ笑い声が。

「ばか野郎ツトムなにしてんだ‼」

俺が突っぱねる前に、引き剝《は》がしてくれたのは嶋野だった。

「スキンシップ〜」

林田は得意げに満面の笑みを広げている。

女子が「男子ってばかだね〜」と呆れて、俺も「ふざけるなよ」とおしぼりでくちを拭く。

平静を装いつつも、その後は肉とウーロン茶しかまともに見られなかった。

どんな会話をしたのかどうやって店をでたのか、ほとんど記憶がない。


帰宅すると母さんから電話がきた。

『試験も終わって落ち着いた？』

「……うん。友だちと焼肉食べてきたよ」

『友だち、ね』

意味深な含み笑いをされた。でも今夜は反発する気になれない。

『母さんと父さんは高校の同級生だったのよ』

話も変えてくれたようでいて、変わっていない。「ふうん」と半分上の空でベッドに腰掛けて、肉の匂いのついたマフラーを外す。

『三年生のとき同じクラスになったけどとくに仲がよかったわけでもなくて、同窓会で再会して付き合い始めたの。それまでお互いにべつの恋愛もしてた』

「そう……。どっちが先に好きになったの」

『わたし』

心の彩《いろど》りごと当時に戻ったような甘酸っぱい響きだった。

『一吹はわたしと違って利口だから、きっといい恋愛ができるよ』

「母さんは仕事もなんでもできて利口じゃん」

『仕事と恋愛の利口さは違うでしょ。一吹は思慮深さが優秀なの。わたしみたいに喧嘩別れして清々《せいせい》したーなんてことしないだろうし、わたしのぶんまでちゃんと幸せになってもらわなくちゃね』

「俺に押しつけないでよ、まだ父さんが好きなら再婚すればいいじゃんか」

『あっはは、いやよーそんなの』

「なんで」

『母さんはあの人が一吹を傷つけたことが許せないから』

「……俺はこの傷、嫌じゃないよ」

『そう。でも誰がなんと言おうとわたしは絶対に許さない』

この一言は母親の声だった。子どもを産んで、守る、という使命感を天から授かった女性の。

「母さん」

なに、と母さんがこたえる。穏やかに微笑んでいるのが目に浮かぶ声音。

「俺、」

俺は。俺は、女の人は――。

「や……いいや、なんでもない」

『どうしたのよ』

「ううん、ごめん。そろそろ風呂入るよ」

愛してるよ、と自分から言った。こんな懺悔《ざんげ》のような気分で言ったのは初めてだった。

母さんが『わたしも愛してるよ一吹』とこたえてくれたのを聞いて、息を吐いてから浴室へ移動する。たっぷり四十分風呂に閉じこもって戻ったら、嶋野からメールが届いていた。

『いま帰った。大丈夫か?』

『大丈夫だよ』と返して服を着る。

嶋野を好きになっていたらもっとらくだったかもしれない。そんな逃げが過って消えていく。くだらない。らくになりたくて恋をしたわけじゃない。

間をおかずにスマホが鳴って、嶋野はまめだなと思いつついま一度手にとったら、予想外のメッセージが表示された。

『こんにちは、アニマルパークです！　お友だちのシイバさんからプレゼントが届いています！』

〝いますぐ受けとるならここからログイン！〟とＵＲＬもついている。

『アニパー』を起動してみたら、ソラの部屋の隅に黄色いリボンでラッピングされた四角くて赤い箱がおいてあった。タッチして開くと焦《こ》げ茶色のキャスケットがでてくる。ハート模様のバッジがついた、可愛くてお洒落な。

……賢司さん。

嫌わないよ、という彼の気持ちが聞こえた。ゲイでも気にしないよ。

ベッドに腰を下ろして、もらったキャスケットをソラに被せて、そのぼろぼろでお洒落な姿を見つめた。見窄らしい白ウサギの、もうひとりの俺。

やがてシイバが現れて心臓がくっと縮んだけど、無論それは驚いたからじゃなかった。

挨拶もなく数秒ふたりで黙っていた。そのうちふいに、シイバがぼろぼろ涙をこぼし始めた。水色の丸い涙。目を閉じていくつもこぼす。

なんで泣くのか、二、三理由が浮かぶものの判然とはしない。

それで自分も泣いた。涙のアイコンを押して、目を閉じてぽろぽろ水色の涙をこぼした。

シイバとソラがふたりで泣いている。眺めていたら、どんどん寂しくなってきた。胸が詰まってしまうがなかった。心はどこもかしこも矛盾だらけだった。賢司さんが好きで、好きで、申し訳なくて、迷惑をかけるなら消えたいのに、でもいっそソラのままでもいいからずっと、傍においていてほしい。

――『ごめんなさい、賢司さん』

俺は泣きたかったんだ、と気がついた。ゲイだとばれた瞬間からこうして泣きたかったんだ。自分の感情さえ、俺は貴方に教えてもらわなければわからない。

――『一吹が困っていたのに黙って見ていてごめんね。言い訳がましいけど、高校生の輪にいきなり俺が入って行ったら、それこそ困らせると思ったんだよ。俺は一吹のことも、いつも助けてあげられないよね。ひょろりんのときも、今夜も』

自分の目にも涙が溢れてきたのは、この瞬間だった。

一吹のことも、と彼は言った。お姉さんの事件と同様に俺を守ろうと思ってくれていたのだ。焦《じ》れてくれていた。後悔、させてしまっていた。

――『賢司さんは悪くありませんよ。なんにも、全然悪くない。それにいまちゃんと助けてもらいました。プレゼントも嬉しかったです。家には着きましたか？　もしかしてまだ外？』

――『バスに乗ったところだよ』

――『じゃあ気をつけて帰ってください。すみません、本当に』

時刻は十一時を過ぎている。話を切り上げるも続けるも彼に委ねるつもりでそう返したら、
――『俺と話したくない？』
と言われた。責めるような鋭い一文だった。
――『いえ。そんなことありません』
話したいです、という本音を自制した結果、曖昧な返答になる。また数秒沈黙があった。
――『前にここで一吹とふたりで話しててチャラ男君に邪魔されたことがあったでしょう？
あのやりとりを見ていたときから一吹には好きな人がいるんだと思ってたよ』
――『そうだったんですか』
――『嘘をつかせて辛い思いをさせてごめんね。だけど一吹にも俺のことをもうすこし信じてほしかったな』
一切の曇りがない思いやりに包まれて息苦しかった。
軽蔑するどころか叱ってくれる現実を夢のように思うけど、賢司さんの態度が変わらないこともまた、予想していた通りだった。
――『信じてなかったんじゃありません。俺は賢司さんを傷つけたくなかったんです』
――『一緒に彼女をつくれないから？』
――『はい』
それに、好きなのは賢司さんだから。

――『俺は一吹が男を好きになることじゃなくて、気をつかわせ続けて哀しませたことの方が辛かったよ。言ってほしかったし、言わせてあげられなかった自分を不甲斐《ふがい》なく思う』

――『いつか言うつもりでした。こんなふうにばれたくなかった』

――『確かにアクシデントではあったけど、俺は今夜あの場にいてよかったと思ってるよ。姉貴に姑の話を聞かされた日と同じだった。俺はいつも相手の嘘に守られて、苦しみに気づいてあげられない。一緒に背負いたいのに頼ってもらえない。愚鈍《ぐどん》な木偶《でく》の坊《ぼう》だ』

違う、悪いのは賢司さんじゃないんです、と叫びたくても彼の信頼を蔑《ないがし》ろにしてお姉さんのときと同様の無力感を味わわせたのは俺の弱さで、だから、唇を噛んで涙を押しとどめるしかできなかった。

――『ごめんなさい』

誰にでも言える六文字の謝罪しか返せない。

――『俺は一吹のことが好きだよ。ゲイだろうと関係ない、悩みがあれば相談してほしい。俺が一吹にだけ姉貴の話をしているように、一吹にもちゃんと対等に頼ってほしい。だからもっとちゃんと信じてほしい』

途切れずに押し寄せてくる文字の、その強引な温もりに、熱に、胸を掻き毟《むし》った。

この人は性癖も歳の差もどうでもいいと言う。同じ位置に立って、同じ目線で世界を見て、支え合おうと言ってくれる。

――『嬉しいです。これからは頼らせてください』
――『約束だよ』
――『はい』
再び約束をしなおしても、自分の言動が正しいのかわからずにいた。
シイバがソラに近づいて頭を撫でてくれる。もらったキャスケット越しに、よしよしと。
俺も傍に行きたい、賢司さんを抱き締めたい、ソラならいいんじゃないか、そう思って衝動的に縋りつこうとしたものの、最適な仕草を持っていないから体あたりにしかならなかった。
前進歩行でシイバを壁際まで追い詰めてしまう。
――『こらこら、なんで押すの。笑』
――『すみません』
ここですら触れなかった。
――『一吹』
――『はい』
――『嶋野君とは、いつから付き合ってたの』
思考が一瞬停止した。
――『付き合ってません』
――『でも必死に庇ってくれてたよね』

――『友だちだからです。俺がゲイだってことも教えてたから』
――『教えられるぐらい好きだったんでしょう、嶋野君のことは』
――『嶋野にばれたのだって、きっかけは些細なトラブルだったんです。仲よくなったのも演劇をしてるって聞いたのも最近で、賢司さんに話した通りですよ』
――『恋人はべつにいるの』
――『片想いの人がいます。俺を救ってくれた人です。いつも傍にいて、俺がずっと抱えていた悩みを聞いて、助けてくれた人です』
貴方です、とやんわり告げたつもりだった。
――『俺とは真逆のいい男だね』
でも賢司さんには伝わらなかった。
――『その男は俺が出張して一吹の傍にいられなかったあいだも、一吹の隣で悩みを聞いて支えてあげてたのか』
違う、それも間違ってる。『アニパー』を通して毎日幸せにしてくれたのは貴方だ。
訂正したくてしかたないもどかしさが胸の奥でうねるのを、拳で叩いて懸命に耐える。
――『さっき賢司さんが一緒にいたのは、会社の人ですか』
かわりにそう訊いた。
――『大学の友だちだよ。近くまできたっていうから久々に呑んだ。一吹、俺に大阪の部下が好きなのかって訊いたよね。もしかして二股《ふたまた》かけるような男だと疑われたのかな』
――『いいえ、そうじゃありません。ごめんなさい』
冷静にゆっくり首を絞められているみたいで、喉が痛くて裂けそうだ。
賢司さんは『次の停留所を越えたらおぼろ坂に着くよ』と言う。
――『はい。話に付き合ってくださってありがとうございました。すみません』
――『一吹もゆっくり休んでね。おやすみ』
どことなく不穏な空気を残したままシイバが消えて、俺も『アニパー』を閉じた。
手元を見下ろして俯いていると、テレビも音楽もつけていない室内にアナログ時計の針の音だけがちっちっと大きく、鮮明に聞こえてきた。
ブロロロロロとバスの走行音が時計の音を打ち消していっそう大きく響いてくると、同時に身体に緊張が走って神経が一気に賢司さんへむかっていった。
バスのステップを降りる姿。一歩一歩坂道をのぼって、地面を踏みしめて歩いて行く背中。
見えないし聞こえもしないのに、全身をそばだてて足音を、気配を探してしまう。
怒っているだろうか。哀しんでいるだろうか。どんな顔でどんなようすで彼があのアパートの部屋へ帰っているのか、いまのいままで言葉で心を交わしていたはずなのにわからなかった。
声の堅実さ。文字だからこその気楽さ。
目を見て確信を得られる安堵。姿形を隠すことで得られる柔軟。

……違う。違うんだ。本当に伝えたい言葉なんかひとつも告げられやしなかった。信じてほしいと言ってくれたのに結局隠して逃げて勘違いをさせて、ばかなことを繰り返した。どんなに文字の狡さや声の誠実さに縋ろうともなにも変わらない。俺自身の脆弱《ぜいじゃく》さが変わらない限り、言葉の力も失われるんだ。

木偶の坊じゃないです、好きなのは貴方です——ただ一言、たったそれだけでよかったのに。恋をしてもらえないことが、どうしてこんなに辛いんだろう。

ごめんね、好きになれないよ、とあの人に言われたら、もうそこで世界も未来も心も全部、死んでしまうんじゃないかと思う。

「死んでいいんだよ」

と、嶋野は言う。

「ふられて死んで、また新しい奴好きになって生まれ変わるんだから」

「……確かにな」

期末試験を終えた俺たちは試験休みに入っていた。

合コンをした金曜から数日経ち、すでに火曜日。嶋野がくれたメールに図書館と本屋にしか行かず引きこもっていると返信したら家に遊びにきてくれた。「心配かけんな」と文句言って。

「河野、んなことずっと考えて腐ってたんだろ」

「腐っちゃいないよ」

「いーや、腐ってたね。部屋が本だらけで汚ねえのなんの。おまえの心がまんま反映されてんな、この部屋は」

心がまんま、と言われて本棚に並んだ二冊の『こころ』に無意識に視線がいった。

嶋野の指摘通り、部屋には図書館で上限冊数満杯まで借りてきた本と、書店で買ってきた本が散乱している。黙っていると賢司さんのことばかり考えた。『アニパー』にも行けなかった。とにかく読んで没頭することで片想いや自分の汚さや至らなさを払拭《ふっしょく》しようとした。

そして自分のそんな行動に、お姉さんの件で落ちこんで本に数ヶ月埋没し続けたと打ち明けてくれた賢司さんを思い出して、想って、また途方に暮れた。

「嶋野はふられたことある?」

「ありまくりだばか」

コーラをぐいっと飲んで、嶋野はあっさりこたえる。

「モテたんじゃないの?　おまえ結構格好いいじゃん」

「去年付き合ってた子がいたけど二ヶ月で別れたな。ふられたのは中二と高一のとき。中二のときはクラスメイトで、高一のときは養成所の年上の女。彼女だったのは養成所の同級生」

「なんか経験豊富で大人だな。……キスとかした?」

「中坊みたいなこと訊くなよ。したけど」

「セッ……も?」

「したよ。つか小声になるなよ、まじで中坊か」

ははは、と嶋野が笑う。恋愛に真っこうから立ちむかって玉砕《ぎょくさい》したこともあれば、報《むく》われて身体でまで愛した人もいるんだと知ると、嶋野が急に大人びて見えた。頼もしい、自立した立派な男のように。

「嶋野はどんな子が好みなの」

「好みねえ……やっぱ同じ趣味持ってるといいとは思うけど、基本的には守りたくなる子かな。天然でなにやっても失敗したり、素直になれなくて強がってるくせに弱かったり」

「面倒見がいいんだな」

「河野は大人の男か？」

「大人なら誰でもいいわけでもないよ」

「〝好みは賢司さんです〟って言うんだろ、でたわ乙女ー」

またコーラを飲んだ嶋野が吐きださないよう注意深く「くっくっくっ」と笑い続ける。肩を叩いてやったら、余計に笑いが酷くなった。この野郎……。

睨んで腹を立ててみせながらも、ありがとう、と思っていた。ひとりで抱えていると憂鬱になるばかりだったのに、嶋野が話を聞いて茶化してもくれて、気が軽くなったから。

苦しみを半分受けとってもらうこと、受けとってほしいと頼ること、甘えられること。

……友だちってこういうことなんだな。

「嶋野、セックスってどんな？」

あぐらを崩しながら、嶋野はいかにも嫌そうに「思い出したくねえな」とぼやいた。

「お互い初めてだったから相手も痛がって暴れるし、必死になってるうちに終わったって感じ。二回やったけど二回とも血みどろの戦いだったわ」

「うわ……」

「でも、」と嶋野は顔を上げて真剣な表情になる。

「でも次は、もっとうまく好きだってこと言えると思う。あんなふうには傷つけない」

強い意志を宿した瞳だった。

自分には介入できない域だ、と思った。恋が終わって死んだ心で生きて、また新しい恋を見いだして生き返って、その無二の相手を守りたいと想いながら抱き締めたことのある人間の域。

自分に足りないのはこれだ。情けなさとわずかな敗北感と、それ以上の憧れが俺を奮《ふる》い立たせてくれた。

やがて夕方になると、嶋野を送りがてら俺も駅へ夕飯の買い物をしに行こうと決めて、バスに乗った。

夕日の射しこむ車内を見まわしたら、いつも座っている一番うしろの右側の席にミチルがひとりでいる。フードつきのコートを着てミニスカートとロングブーツをはいた可愛い私服姿。目が合って頭を下げるだけの挨拶をすると、つんっと無視された。あれ……？

しかたなく反対の左側の窓際に嶋野と並んで座ったら、嶋野が思い出したように言った。

「河野のことも守ってやりたいって思ったぜ」

「は？」

「ツトムのばかからあのこと聞いて、意外と悩んでるんだって知ったら放っとけなくなったんだよ。話してみたいとは思ってたけど、おまえのことひとりが好きなクールな奴だと思ってたからさ、あれがなかったら実行にうつさなかったかもなって」

あのこと、はゲイのことか。

「河野はあの人とここで会ったのかー……」

……おい。

「いつも一緒に座る席とかあんの？」

「よせって」

ミチルに聞こえる。

「つかおまえが試験休みでいないから、あの人も寂しがってたりしてな？」

「声が大きいよ」

「おまえ、ちゃんと告れよ。ふられたって慰めてやるから」

ミチルが振りむいた。強張った眼差しで俺を睨んでいる。これじゃ賢司さんの二の舞だ。

「ミチル」

呼びかけたらミチルが立ち上がって横を擦り抜けて行こうとしたから、腕を摑んで引きとめた。うしろで嶋野が「え、おい」と驚いたのも無視。

「嘘ついてごめん」

「あたしチャラ男と付き合う」

俺の謝罪とミチルの宣言がぶつかった。

「ミチル、」

「あいつ、『アニパー』で敬語で話すの。そこがいいって思ったから」

知ってる。ショウは俺と話したときも敬語だった。

「礼儀正しいとは思うよ、けどそんな理由で？」

「そんなじゃない、わかるでしょ一吹なら！」

わかる。ミチルは俺が名前呼びの仲に憧れていたことに共感してくれたし『アニパー』でのコミュニケーションの不満を聞かせてくれて、秘めていた違和感をわかち合えた相手だから。

「でもそれとこれとは違うじゃないか」

「あたしは誰かに抱き締めてほしいの」

「抱き締めるって、」

「あたしは誰かに抱き締めてほしいの！」

ミチルは繰り返し訴えた。エンジンもブロロと唸る。

「……一吹、自覚してる？　一吹はバスに乗るとシイバさんを探すの。いるかいないか、出張してても探してる。目が動いてるんだよ。他の誰も見てない。あの人だけ探してる」

「それは、」

「性格とか外見変えたって駄目じゃん！　なにしたって一吹は抱き締めてくれないんじゃん！　ホモだからあたしじゃ駄目なんじゃん！」

「ミチルは……友だち、なんだよ」

友だちは俺にとって大切な存在で、恋人と同等なぐらい焦がれてきたものだった。上も下もない、どっちも大事だ。なのに俺はその想いでミチルを傷つけている。

「誰でもいいから抱き締めてほしいなんて言ってるうちは、ひとりのままだぞ」

張り詰めた空気を割ったのは嶋野だった。

「なによ」とミチルが睨むと、

「どうせ降りるの次じゃないんだろ、静かに座ってろよ」

と俺が摑んでいたミチルの腕をさらに摑んで引き寄せ、俺とのあいだに強引に座らせた。

「嫌だ降りる、なんなのあんた！」

「逃げるなよ。こいつに酷いこと言ったって思うなら逃げるな。ひとりになって後悔してへこむのはおまえだろ」

「知ったふうなくち利かないでよ！」

「しー、バスで騒ぐなっつの。元気な女だなあ」

「元気じゃない、あたしは傷ついてるの！」

「悪かったよ。俺が余計な話したせいだよな。愚痴聞くからケータイ番号交換しよう」

「はあ⁉」

「連絡するからでろよ」

「むっかつく、命令しないでよわけわかんない！」

どういうつもりだ？　と俺も困惑したが、嶋野は引かない。ミチルに「偉そうにするな！」と突っぱねられると笑いさえして「威勢がいいな」と言う。

そのとき中央付近に座っているおじさんに「ゴホンッ」と咳払いして一瞥され、はっとした俺たちは揃ってかしこまった。

「ミチルっていうんだっけ。河野を好きだったの？」

小声でそっと嶋野が問うと、ミチルは唇を尖らせて俯くように頷いた。

「……でも嘘つかれた。ホモだったのに、ホモじゃないって言われた」

「ごめん。ミチルと友だちでいたくて、嫌われたくなかったんだよ」

俺もいま一度謝る。

「嘘つく奴の方が最低だよっ」

胸を抉《えぐ》る一言を返されて罪悪感に襲われた。

「……本当にごめん」

俺を睨み据えるミチルの頭に、嶋野が手をおいてぽんぽん撫でる。

「ミチル、嘘っていうのは悪いだけじゃないんだぞ」

「悪いねっ」

「なにかを守るためにつくのが嘘で、陥れるためにするのが騙すことだって憶えときな」

くっと息を詰めた。ミチルも俺も。

「おまえは河野に大事にされてるんだよ。それもわからないばかなのか？　違うよな。じゃなかったら河野はおまえと友だちでいたがったりしないよ」

「……うるさいな」

「暴言吐けば吐くほど落ちこむタイプだろ、おまえ」

「うるさいってば」

「俺は嶋野功志《こうじ》だよ。コウジって呼べよ。俺もミチルの友だちにして」

「友だちぃ⁉　傲慢でむかつく。それに初対面で友だちとか、軽いっ」

「チャラ男って呼ばれてる奴よりよくないか？」

「あいつは敬語つかうもん」

「へえ」と眉を上げた嶋野はミチルの手を放して頭を下げた。

「ミチルさん、貴方が放っておけないので友だちになってください」

「なっ……なに言ってるの、ばかっ。……ばかっ！」

あ、と思いあたる。嶋野がさっき〝素直になれなくて強がってるくせに弱かったり〟するタイプが好みだと言っていたことに。

ミチルは赤くなって「最低っ、チャラいっ」と嶋野を罵っていたけど、バスが駅に着く頃になると「しつこいからしかたなく」嶋野と携帯番号を交換した。

帰宅する嶋野とこれから数駅先の街で友だちと遊ぶというミチルは、一緒に駅の改札へむかって行く。まだすったもんだしていたものの嶋野は完全に浮かれているし、ミチルの横顔もまんざらでもない赤らんだ顔をしている。駅前を賑やかに彩るクリスマスの装飾は、まるでふ

たりを祝福しているみたいだった。

数分後、図書館で立ち読みしていたら嶋野からメールが届いた。

『イブに会う約束した。ミチルのことは俺にまかせておけ』

ドラマは進み続けている。


なにかを守るためにつくのが嘘で、陥れるためにするのが騙すこと——図書館で本を読んで、書店で新刊をチェックして、レンタルショップでＤＶＤを物色しているあいだにも考え続けていた。俺が嘘をついて守ろうとしたのはなんだったのか。

『姉貴に姑の話を聞かされた日と同じだった。俺はいつも相手の嘘に守られて、苦しみに気づいてあげられない。一緒に背負いたいのに頼ってもらえない。愚鈍な木偶の坊だ』

『ゲイだろうと関係ない、悩みがあれば相談してほしい。俺が一吹にだけ姉貴の話をしているように、一吹にもちゃんと対等に頼ってほしい。だからもっとちゃんと信じてほしい』

賢司さんは傷ついていた。俺が守ったのはあの人じゃない。俺自身だ。

もう四日会っていないし、文字ですら話していない。

彼が出張していた頃の方が傍にいた気がする。容易く会える場所にいたら携帯メールやチャットをする口実もなくなって距離ができてしまう、この関係はいったいなんなんだろう。

会いたかった。そして自分が怯えて言葉を誤ったせいで生んだ勘違いと誤解を解きたかった。

嶋野がくれた勇気や、ミチルに言われた『嘘つく奴の方が最低だよっ』という言葉も胸に刻まれている。無駄にはしたくないから、今夜あたり賢司さんに連絡してみようか。

そのための心の準備、というんじゃないけど『かすが』へ行って夕飯を買おうと思い立つ。賢司さんの思い出が詰まった『かすが』はもはや神聖視せざるを得なくなっていて、半径五メートル以内にくると緊張する。心の汚れを浄化するように深呼吸して入店したら、生姜焼きの香りが鼻を掠めて心が引き締まった。賢司さんの好きなメニュー。

「おばさん、こんばんは」

「あら一吹君、こんばんはー」

おばさんはいつものからっと明るい笑顔で挨拶をくれたあと目を丸めた。

「今日はシバちゃんと一緒じゃないのね？　シバちゃん、ついさっききたんだよ。お弁当買って、牛乳プリンもつけてってって言って」

「え」

牛乳プリンも……？

「どれぐらい前ですか」

「ほんとたったいま。五分も経ってないんじゃないかな、表で擦れ違わなかった？」

すみません、と断りもそこそこに身を翻していた。『かすが』のドアを力まかせに開けて商店街へ飛びだす。すぐそこにいると思ったら、捕まえなくちゃという焦りしかなくなった。

バス停にむかっているに違いない、と目的地を定めて走る。人ごみをよけて風を切ってジングルベルのリズムが鳴る繁華な通りをくぐり抜けて駅前ロータリーへ。

「――賢司さんっ」

見つけたとき、彼の背中はバス停のすぐ手前にあった。

「一吹……?」

振りむいて、驚いたようすで目を瞬く。左手に『かすが』の袋がある。牛乳プリンはお弁当とはべつの小さな袋に入れられて。

「おばさんが……お弁当、いま買って行ったところだって、教えてくれて、」

「ああ、追いかけてきてくれたの?」

「会いたくて」

息が苦しい。肺が痛い。はあはあ呼吸しながらも、視線は賢司さんからそらさなかった。

「そんな息せき切って……相手が違うでしょう、今日は好きな人と会わなくていいの?　会った帰りなのかな」

賢司さんは緩く苦笑した。

「……やめてください」

「ごめん」と謝った彼が、自嘲気味に笑う。

ごめん、という言葉を先に言わせてしまった。

「一吹、手ぶらだね。もしかして『かすが』で注文したままきてくれた？」

「あ、いや、注文もしてませんでした。行った途端賢司さんのことを聞いて、それで……、」

ふっと唇で笑んだ彼は、コートの胸ポケットからスマホをだしておもむろに電話をかけた。

「おばちゃん？　賢司です。ごめんね、いま一吹と会ったよ。五分ぐらいで戻れると思うから一吹のお弁当作っておいてくれるかな」

話しながら、片手を俺の背中にまわして一緒に歩くよう促す。商店街にむかって歩調が合ってくると、手はすっと離れていった。

「はい、じゃあまたあとで」と電話を切る賢司さんの一挙手一投足《いっきょしゅいっとうそく》なにもかもがスマートで大人で、俺は駆けたせいで汗ばんだ自分の背中を意識する。

「走ったりしないで連絡くれればよかったのに」

そう言われて、顔が熱くなった。

「すみません、思いつかなかったんです。とにかく急ごうって、それだけで、」

「まあ、俺たち電話番号を交換してないしね。メールじゃ不都合か」

交換しましょう、と、なぜか言えなかった。絶好のタイミングなのに俺は俯き加減に歩いているし、賢司さんも前をむいて歩き続けている。沈黙は、無論不自然なものだった。賢司さんも不自然だと思ってくれている気配がある。でも目には見えない圧力に喉を押さえつけられて言葉がでない。今夜以降電話で話せる機会がくるのかどうか、俺にはそれがわからなかった。

『かすが』のおばさんに謝罪と礼を言ってお弁当を受けとると、停留所へ戻ってバスに乗った。

「久しぶりな感じがするね」

一番うしろの席に並んで揺られながら、賢司さんが言う。

「一吹は試験休みなんだってね。バスで会えないから社員の子にそれとなく訊いたら『学生は休みですよ』って教えてくれたよ」

「わざわざ訊いてくれたんですか」

「腹が立ったからさ。二日連続でこないなんて避けられてるのかなって」

「そんなことは、しません」

「うん。追いかけてきてくれて嬉しかったよ」

怒ってくれていたことと嬉しいと言ってもらえたことが、俺に安堵をもたらした。感情を砕くほど彼のなかに自分の存在があるんだと感じられて、だから、

「賢司さんに会って、話したいことがあったんです」

俺の声には、喜びをはらんだ精一杯の勇ましさがあった。

「……そうか。わかった、ならうちにおいで。夕飯食べてゆっくり話そう」

「はい」

がらんとした人気《ひとけ》のない車内に、走行音がやけに大きく響く。上り坂へ差しかかると力んでウゥウンと哮《たけ》るように上へ上へ、下り坂になるとふっと脱力したように下へ下へ。

窓の外に視線をむけたら電飾で輝く家もちらほらあって、前方から後方へきらきら流れていくのが見えた。暗闇に灯る星屑めいた赤や青や緑の瞬き。賢司さんと俺を、『かすが』のお弁当の香りが包んでいる。

最後ではないにしろ、これが友だちとして一区切りになる夜だというのは理解していた。中学の頃の孤独感を彷彿《ほうふつ》とさせる闇に覆われたバスにゆらゆら揺られている、けれどいまは賢司さんがいる。ゲイだと知っても俺を受け容れてくれた賢司さんが、ここに。

隣にいる彼の手を触りたかった。握り締めて、ありがとうと言いたかった。

初めて好きになったのが賢司さんでよかった。俺はとても幸運だと思う。他の人じゃ、絶対にこうはならなかったはずだ。ここまで優しく許されるようなことには。

同性しか好きになれない自分を認めて初めて告白する今夜を、俺は一生忘れないだろうな。再び誰かを好きになって生まれ変わる日がこようとも、気持ちを告げるときには何度でも繰り返しこのバスでの一時《ひととき》を想い出す。そして賢司さんを想う。どこでなにをしているのか、誰といるのか、幸せなのか、いま以上に大切に想いながら馳《は》せるんだろう。

……べつの恋なんて、本当はいらないのに。賢司さんしかいらないのに。

手を触りたいのも、抱き締めて抱き締め合って、好きだと想い合いたいのも彼だけなのに。よりによってなんで、女性から奪うこともできない男《ひと》を好きになってしまったんだか。

辛くはあるけど、そんな彼の運命ごと好きになってしまったんだからもうしかたない。

「……牛乳プリン、ですね」

なにかあったんですか、と小さく訊くと、賢司さんは鼻からため息を抜かすような苦笑を洩らした。だけどなにもこたえずに、俺の左頰をやんわりつねっただけだった。

バスがおぼろ坂に着くと賢司さんのアパートへ行った。

ソファーに座って、前回きたときと同様にお茶をいただいて食事をする。

「試験休みってクリスマス頃までだっけ？」

「はい。イブの二十四日の終業式までです。賢司さんはお仕事いつまでですか」

「一応二十八日だけど、明日からまた大阪なんだよ。下手したら大晦日《おおみそか》まで働いてるかもしれないな」

「大変ですね……」

とはいえ、例の大阪の社員さんとクリスマスも年末も過ごせるのなら、悪いばかりでもないんだろうか。

「一吹は年末年始ひとり？　お母さんは帰国したりするの？」

「はい、帰国します。毎年母の実家で落ち合って、祖父母と一緒に年越ししてるんです。愛知《あいち》なんですけど」

「賢司さん」

「ん？」

「愛知って名古屋《なごや》？」

「名古屋からは若干離れてますね。新幹線で名古屋まで行って、そこから電車で数駅先です」

ふうん、と賢司さんが頬を膨らませて卵焼きを咀嚼する。ミートボールは今日もまだ手をつけられずに残ったまま。

「おじいさんとおばあさんが住んでる家か……どんなところ？」

「田んぼと山と緑に囲まれた、広くて閑かな田舎の一軒家です」

「いいね」

「両親が離婚したあとはしばらく住んでたんですよ。中学までは夏休みにも行ってました」

「一吹にとっても第二の故郷なのかな。おじいさんたちは優しい？」

「はい、ふたりとも好きです」

祖父はとても器用で、カブトムシを何匹も採ってくれたり工作が得意だったりする人だ。雨洩りした屋根やパンクした自転車を簡単に修理してしまうし、洗面所にある棚や洗濯につかう物干しも祖父が手作りした物を使用している。インテリ志向な母さんはダサくって嫌だと煙たがるけれど、俺は格好いいと思っている。

祖母は無くちで穏やかな人。〝俺についてこい〟ってタイプの昔気質《むかしかたぎ》な祖父に、その通り黙ってついていくしとやかな女性で、若い頃は教師を目指していたらしい。母さん曰く『おじいちゃんは偉そうにしてるけど頭がいいのはおばあちゃんなのよ』とのこと。

ただふたりともDVという言葉を知るはめになった父さんのことは嫌っていて、話題にのぼると率直に非難するので、そのあいだだけは辛い。

「うちの祖父母は父方も母方も遠くで暮らしてるから、ほとんど会ったことがないんだよね。友だちや社員の子なんかを見ててもお年寄りと接してきた子は愛情深くて優しいなあと思うよ。一吹はまさにそのタイプだ」

「賢司さんは充分愛情深くて優しいじゃないですか」

びっくりしてしまった。俺は賢司さんほど他人を大事にする人もいないだろうと思っているから。

「いや、俺は身勝手な奴だよ」

謙遜とも懺悔ともとれるぎこちない苦笑いで彼が濁す。

お弁当のおかずがなくなってきて締めのミートボールを食べ終えると、賢司さんは牛乳プリンを開けた。袋に入っていたプラスチックのスプーンで丁寧に半分食べてから、

「一緒に食べよう」

と差しだされて戸惑った。

「いいんですか」

「いいよ」

まるでなんでもないような顔で言う。……俺が気にしすぎなんだろうか。お姉さんのことで

貴方がやっと泣くことのできた味だってこと。プロポーズの言葉でさえある貴重なプリンだってこと。

「ありがとう、ございます」

おずおず受けとって、いささか緊張しながら食べた。賢司さんがじっと見てくるものだから変に意識してしまう。

「一吹はイブに好きな人と会うの？　……って、なんかダジャレみたいだな」

ちょっと笑ってしまった。

「会えないみたいですね」

「どうして？　忙しい相手なのか」

「はい」

「クリスマス当日も？」

「はい」

「告白日和《びより》なのに残念だね」

また笑えた。告白日和、という言葉がなんだかいいなと思って。それにゲイの男が告白するという状況を、不可解だとか気持ち悪いだとかまったく思っていない彼の温かさが伝わってきて、ああ本当にこの人でよかったなと想って。

「……俺の告白日和は、今日なんですよ」

「え？」

空《から》になったプリンのケースとスプーンをテーブルにおいた。

息を吸って、吐いて、泣きだしたくなるほど突然胸いっぱいに溢れてきた恋しさの分量を、もう一度息を吐くことで減らして調整する。

……これでぬくぬくと一方的に想っていた時間が終わる。

「この前の金曜の夜はすみませんでした。ゲイだってカミングアウトする時期を見計らっていたのは事実なんですけど、俺、賢司さんとの仲が変わってしまうのが、どうしても怖かったんです。軽蔑されるのも受け容れてもらうのも、どっちも怖かった」

「どっちも？　なんでだろう。俺はいまも一吹を苦しめてるってことかな」

優しい人。不安そうに眉をひそめる彼から、俺は視線を下げてしまった。

賢司さん、哀しまないでください。どうか傷つかないでください。

貴方の傍にいるために俺は、遠慮も隠し事も嘘もやめるから。

「ごめんなさい。もうひとつ黙ってたことがあるんです。俺が好きなのは賢司さんなんです」

彼の表情がさらにかたくなった。

「俺は一吹の傍にずっといたわけじゃないよ」

「いてくれました。『アニパー』でも携帯メールでも、毎日話しかけてくれたじゃないですか」

「救ってないし、悩みを聞いて支えてあげられた憶えもない」

「賢司さんが初めてだったんです。クラスメイトに女の子の話を持ちかけられるとゲイってことがばれやしないか怖くてうしろめたくて、いつまで経っても友だちをつくれなかったのに、一吹って名前で呼んで、『特別になろう』って言ってくれたのは、賢司さんが初めてでした。『本心を言いなさい』ってアドバイスもくれて、頑張ろうって思えました。ほんのちょっとかもしれないけど成長できたと思います。だから友だちもできたんですよ」

俺を変えてくれた。生きるために必要な前むきな感情を、強さを、恋を教えてくれた。

「……好きです。理想とか、そんなの全部飛び越えて賢司さんが好きで、文字でも声でもどれだけ言葉を尽くしても言いきれないだろうなって、悔しいぐらい好きで好きで……好きです」

「一吹……」

「でも恋愛は無理だってわかってるから、どうか、友だちでいてください」

『男好きって本当にいるんだなあ……』

『俺は幸せな結婚して、幸せな家庭つくって、母親に孫の顔を見せて安心させてやらないといけないなって思うんだけどね』

『俺までひょろりんみたいに男にも手だしする変態だと思われたのかな?』

『俺のプロポーズの言葉は「かすが」の牛乳プリンを一緒に食べてください、だから』

この人が女性しか好きになれないのは知っている。

俺と恋人になってこの人が幸せになれると自惚《うぬぼ》れることは、どうしてもできない。

それに賢司さんの未来は夜のバスの坂道みたいな、あんな孤独なものじゃない。そんな未来は俺が許さない。だって充分苦しんできた。俺がゲイとして悩んだ時間とは比較にならないほど長く、ひとりでこうして牛乳プリンを食べながら。

けど彼の人生に関わっていたいから居場所が欲しい。ずっと。隅の方にでも。

「一吹と友だちでいることに変わりはないよ。……そうだね。一吹の気持ちにちゃんと返事をしたいから、すこし考えさせてもらっていいかな」

賢司さんは恐ろしく真摯で静かな、哀しげな目をしていた。

「はい、すみません。じゃあ俺お暇《いとま》します。失礼しました」

お弁当の食べカスを片づけようとしたら「あ、いいよ」と彼が俺の手をとめた。

触られた腕を注意深く引っこめると彼が眉を歪めて傷ついた顔をしたので、苦笑いを返した。

……ああ、もう気づかわせ始めているんだな。

「明日からの出張、身体を大事にして頑張ってきてくださいね」

ソファーを立って玄関にむかおうとしたら「送るよ」と今度はしっかり腕を摑まれた。

「ひとりで大丈夫です」

「駄目だよ」

「俺は賢司さんのお姉さんじゃありませんよ」

心配をかけたくないだけだった。けれど彼は唇をへの字に曲げて立ち上がった。

「いや、似てるね。寂しがりなくせに嘘つきで無駄に頑固だ」

行こう、というふうに肩を叩いて促してくれる。泣いてしまいたい。

ふたりで家をでて階段を下りた。冬の冷気が充満していて寒い。

「俺は一吹を姉貴だと思ったことはないよ。傷のことで、もしかしたら勘違いさせてた？」

「いえ」

「一吹は一吹で、誰かのかわりにして付き合ってきたわけじゃないからね」

些細なズレさえ逐一《ちくいち》正してくれる彼の真心に触れて、自分が失言したのだと反省した。

「……はい、ごめんなさい」

外にも冷えて透徹《とうてつ》した風が吹いていた。藍色の夜空に小さな星が散っている。澄んだ冬空は視界がよく、遠く果てしない彼方まで見渡せるようだった。

「おやすみ一吹」

賢司さんが言う。微笑んでくれている。

「おやすみなさい、賢司さん」

文字よりやっぱり声の方がいい。賢司さんがこんなに温かく微笑んでくれているのも、左頰のえくぼも、見られるから。

「よいお年を」

頭を下げて背をむけた。それからマンションへ入るまで、もう振りむかなかった。

涙が下瞼に膨らんで邪魔だ。

袖《そで》で拭《ぬぐ》って大股で歩く。前へ前へ。一歩ずつ確実に、ちゃんと。

死を伴う失望感はなかった。それは彼が殺すような返答をしないでくれたからだと思うと、また好きだという想いが心の底に落ちて増した。

明日からも好きだと想うだろう。明後日も明明後日も、嫌いなところを見つけても幾度でも好きだと想うんだろう。

気持ちを伝えて真剣に受けとめてもらえて、それなのになんで泣いているんだか、まったく贅沢者《ぜいたくもの》だ。

女として産まれれば報われたわけでもないんだ。わかっている。わかっているけど、でも、男じゃなければ俺は、貴方が欲しいと言えたんだろうか。

誰より自分が幸せにすると、貴方に二度と辛いことが降りかからないように守っていくと、心配いらないと、だから信じて好きになってほしいと、自信を持って告げられたんだろうか。

男として産まれなければ。

「聞けよ河野、コウジの奴彼女できたんだってよ！」

「ああ、知ってる」

「まじかよ！　今夜デートするのも⁉」

「知ってるよ」

まじか！　と頭を抱える林田がおかしくてつい笑ってしまった。

終業式でイブの今日、それでも空はどんよりした灰色に煙っている。雨が降るかもしれない。

「彼女できたら報告しろよなー……？」と、林田は俺の机に俯せて独《ひと》り言っぽく文句を洩らす。

「なんで報告が必要なんだよ」と頭を叩いてやると、

「友だちだからだろ」

と躊躇なく断言した。

「河野はどうなん？　バスの人と進展あったんか？」

「憶えてたのか。おまえ俺と嶋野のこと疑ってたじゃないか」

「コウジに鞍《くら》がえしたのかなあと思ったけど違ったみたいだからさ？」

「しねえよ」

「だよなー。河野って〝一生愛してる〟とか考えそうだもんなー」

告白して数日経つ。賢司さんには昨日の夜、久々に携帯メールをもらった。

『明日終業式だね。寒くなるみたいだから暖かくして行きなね』

ありがとうございます、賢司さんも暖かくして頑張ってください、そう返信してそれきりだ。

「俺も吉田のこと好きだったけど可愛くてヤりたくてってだけだったもんな。もし付き合っても大学いったら別れてただろうな。大学いく前に別れるか、俺ばかだし。つか大学もいけるかわかんねえか。ははは」

「林田は刹那的なんだな」

「そうそうセツナ的。俺も一生の恋してーな。本気になれる相手ってどこにいんだろうな？」

今朝バスでミチルは「まだ付き合ってないよ、今夜決めるよ、あたしそんな尻軽じゃないよっ」と言い訳じみた言葉を懸命に列挙していたけど、顔は真っ赤で嬉しそうだった。

雨は降らないでやってほしいと思う。でもそれが雪に変わるのならはやく降れと思う。

恋人たちを幸せにするホワイトクリスマス。

「俺ぁ今夜もちょーぼっちだよ。ぼっちな野郎どもと朝までカラオケすっかって話してんぜ。河野もくる？」

「ごめん、俺今夜から母親の実家に行くんだ」

「そうなん？　どこ？」

賢司さんにしたのと同じ場所の説明をしたら、

「ふーん。遠くてなんかさびしーな」

と林田は言った。

年明けにまた会えんだろ、と茶化して笑ったけど、片頬がいびつに歪んだかもしれない。さびしーな。

それは賢司さんの言わなかった言葉だった。

「ふたりともおはよーさん」

「わっ、むかつく爽やか顔できやがったよ、クッソ淫乱ゴミクズチンコ野郎コウジ」

「ふざけた呼び方すんじゃねえ」

「うるせーもげろ」

登校してきた嶋野が林田の頭を鷲掴みにして揺さぶり、林田が「うわわわわ」とされるがままになる。そうしながら嶋野が俺にむけてくれた笑顔は、うらうらと柔い真昼の太陽みたいに晴れていた。


一度帰宅して着替えてから出発した。

乗換も含めて二時間弱で最寄り駅に着き、迎えにきてくれていたじいちゃんの車で家へ。田んぼは雪に覆われて真っ白に染まっており、空気にも雪の香りがまざっていた。鼻と肺をきんと刺す寒気に身が竦む。じいちゃんも「こっちは寒いだろう」と笑う。

「祥子《しょうこ》はもうきてるぞ。夕飯は外で食べるだの なんだの騒いでうるさいのなんの」

祥子、とは母さんのことだ。じいちゃんと母さんは微妙に仲が悪い。お互い我が強いからだと思っていたが、おばあちゃんが「似たもの同士なのよ」と洩らしたのを聞いてからは、なるほどそれが一番しっくりくるな、とこっそり納得している。

二階建ての木造一軒家は、記憶のまま今年もそこにあった。

縁側と庭まである広い家なのに車から降りた途端母さんの「おばあちゃん、わたしが送った荷物ひとつないんだけど⁉」という怒鳴り声が聞こえてきて、じいちゃんは「まあだやってるわ」とぼっそり文句を垂れた。

家に入って母さんと対面すると、

「一吹、久しぶりー！」

と抱き締められた。一年前より短いショートカットの髪、全体的に縮んだ印象の体軀《たいく》。

「期末の結果と通知表はどうだったの」

二言目はこれだ。でも詰問《きつもん》する調子ではなくにやっとからかう顔をしているので、俺も「まあまあだったよ」と苦笑いで返した。

俺と母さんは滞在中二階の部屋で過ごす。荷物をおくと、居間のこたつでお茶をした。

会話の主導権はほぼ母さんとじいちゃんにあって、母さんの海外生活とじいちゃんの田舎生活の自慢話を聞くような流れで一年間の近況報告をし合う。

おばあちゃんはじいちゃんに「えーと、アレなんだったたっけな？」とか質問を投げかけられて助け船をだすとき以外ほとんどしゃべらない。その横で俺もお茶をすする。

母さんは時々「Uh-huh」とか「a-ha」とか外人めいた相槌を打つ。癖になっているんだろう。外国かぶれしてるな、と思う。

「夕飯はお寿司食べようね一吹」

気に入りの店に行くんだと勝手に決定する母さんに、「いいよ」と頷いてこたえる。

続けて母さんが回転寿司について文句を言い始めると、じいちゃんが「おまえはもっと奥ゆかしくしろ」と制したが、それも相変わらずの光景だった。

どたばたした雰囲気、でも全員高揚しているのがわかる感覚。

この再会と今日からの数日の日々をみんなが喜んでいた。

母さんが気に入る店というのはもちろんひとり五千円からする日本料理店だ。カウンターで職人が天ぷらを揚げたり寿司を握ったりしてもてなしてくれる。

じいちゃんの運転ででかけて、予約した個室でディナーコースを食べた。前菜盛りから始まって椀物、お造り、煮物、焼き物と季節の料理を味わっていたら、突然俺のスマホが鳴った。

賢司さんからのメールだった。

『時間があいたらメールくれるかな。「アニパー」でもいいから話そう』

話そう、という一言に戦慄《せんりつ》する。こたえがでたんだろうか。

母さんは「携帯電話は切っておきなさいよ」と怒ったあと、

「彼女、イブに会えなくて寂しがってるんでしょ……?」

と耳打ちしてきて無邪気に笑った。
一吹はイブに……ってなんかダジャレみたいだな、と呟いた賢司さんの声が過った。
「彼女なんていないから」
口内にあった寒ブリの味がぼやける。母さんはいつまで彼女ネタを引きずる気なんだろう。
家に帰ってからじいちゃん、母さん、俺、おばあちゃんの順番に風呂をすませて落ち着くと、時刻は十一時をまわっていた。賢司さんを呼ぶ時間帯としてははやいのか遅いのか判断できないまま、『いま帰りました。俺はいつでも平気です』とメールを送信する。
数分で『ごめん「アニパー」でいいかな』と返事が届いたので移動したら、シイバもきた。
――『メリークリスマス、一吹』
開口一番に彼が言う。
――『メリークリスマス、賢司さん』
俺もこたえたものの、クリスマスらしい陽気さとかけ離れた心持ちでいるせいか言葉に心が乗っていなかった。
――『ごめんね、じつはまだ仕事中なんだよ。一度会社をでたのに呼び戻されたんだ』
――『え、じゃあお仕事終わった頃にまたきた方がいいですか』
――『いいよ、どうせ待たされてるだけだから。一吹はお母さんたちといなくて平気？』
――『はい、もうみんな部屋で休んでます』

『家族との再会はどう?』と訊かれて、外食してきたことや食べた料理の内容なんかを教えながら、案外と普通に話せるものだなと考えていた。顔を合わせていないおかげで安心感がある、というのは否めないんだけど。

——『賢司さんの気になる社員さんも、一緒にお仕事中ですか』

訊くのも不躾ながら訊かないのもおかしいかと思って切りだした。

——『彼女は帰省したよ』

——『あれ、お仕事二十八日まででしたよね』

——『二十八日まで仕事してたら新幹線が混むから嫌なんだって有休とって帰った。だから一吹に言われるまで彼女のこと忘れてたな』

驚いた。俺が言うのもなんだけど脳内がゆとりすぎないか。副社長がわざわざ出張してくるぐらい忙しいのに有休って、褒められる行動じゃないだろう。

——『それはちょっと、切ないですね。イブだったのに』

無難な返答で濁すと、

——『俺は一吹のことしか考えてなかったよ』

と毅然さをまとった言葉が返ってきた。

——『一吹がなにをしてるかなにを思ってるか、毎日仕事中も考えてるよ』

シイバの頭上に浮かぶ文字を凝視する。逃さないように。消えるのを惜しんで、必死に。

——『先にひとつだけばらしておこうかな』

賢司さんは続ける。

——『俺が一吹に彼女のことを〝悪い子じゃないと思う〟って言ったのを、一吹はどう捉えてた？』

なんだろう、謎かけみたいな質問で困惑する。

——『彼女をつくる約束をしていたから、当然そういう意味だと思ってました』

——『でも俺は〝彼女を好きになりそう〟とは言わなかったよね』

——『違うならべつの理由があったんですか？』

——『わからない？』

——『わからないです』

——『降参するのがはやいでしょう、もうすこし考えて』

シイバがソラを撫でる。謎は謎のままなのになぜかシイバから甘さが押し寄せてきて焦る。

あの夜の賢司さんの態度に不自然さや違和感はなかった。俺の気持ちもばれていなかった。じゃあ他にどんな意図が？

混乱しているうちにシイバがソラの前にまわりこんで、顔と顔が重なるほど至近距離に立った。まるでキスしているみたいな格好になって、困って迷って辛くなってきて、抱きつきたくなって、できなくて、また壁際に追い詰めた。

──『こらこら。笑　一吹はなんで押してくるかな』
──『抱き締めたいんです』
自棄気味に、正直に言った。
──『そうだったのか。じゃあ抱き締めるアクション作ろうか』
ここなら、シイバなら、抱き締めてもいいってこと？
──『一吹』
返事ができなかった。
床に敷いている布団の枕元にスマホをおいて部屋の灯りを消し、布団に入っていま一度手にとる。深呼吸して気持ちを整える。
──『一吹は熱田神宮《あつたじんぐう》で初詣《はつもうで》したことある？』
名古屋駅から名鉄《めいてつ》に乗って数分で行ける有名な神社だ。
──『ないです。母が人ごみ嫌いなので、初詣は近所の神社ですませてしまうんです』
──『じゃあ今年は一緒に行こう。大晦日の夜熱田神宮に行って、ふたりで年越ししよう。名古屋駅にホテルとったよ』
え……。
──『たぶんぎりぎりまで仕事してるから会えるのは夜遅くなると思うけど、駅で待っててくれるかな。お母さんには明日俺から電話させてもらうよ』

——『大晦日はどうせ家でテレビ観てるだけなので、大丈夫だろうけど、』
俺といてくれるんですか、と震える指で文字を打ち終わる前に、賢司さんは、
——『なら決まりね』
と結論を下してしまった。
——『この会話が終わったら、一吹の携帯番号とお母さんに連絡可能な時間帯を教えてくれる？　一吹を一泊あずかるわけだから、許可いただいて心配かけないようにしないとね』
……一泊あずかる。
送信し損ねた文字を消して、新しい言葉を打ちなおした。
——『告白のこたえを、そのとき聞かせてくれますか』
——『言うよ。いくら仕事がIT関係だからって、さすがにそれはチャットやメールでしようと思えなくて、待たせてごめんね』
——『いえ』
最後に思い出をくれるってことだろうか。一年が切りかわる始まりと終わりの一晩を一緒に過ごして、心機一転友だちとして再び始めるために。
——『じゃあまた仕事の合間に時間ができたら連絡するよ』
——『はい、身体に気をつけて仕事頑張ってください』
手を振って『アニパー』を閉じた。

明日は母さんの買い物に付き合う予定なので、携帯メールに携帯番号と『夕方以降なら大丈夫だと思いますが、念のため電話の前に連絡ください』というメッセージをつけて送信した。

ヒウゥと細く尖った風が窓を叩いている。闇に目が慣れてきた。頭上で電気紐《ひも》が揺れている。

母さんは難関だな、と思った。年またぎになにもしないとはいえ、その一時《ひととき》を過ごすために帰国しているわけだし、変に過保護というか子離れできていないというか、寂しがりだから。でも俺は賢司さんのところへ行かないと。

おばあちゃんが縫った掛け布団は綿でできているからずっしり重たい。この家の匂いの染みこんだ布、脚に擦れる冷たいシーツ、賢司さんがくれた文字。言葉。約束。

……潰れそうだ。


無駄なことを嫌う母さんは、無論買い物にも時間をかけない。欲しい物を予め《あらかじ》決めてでかけて気に入った商品があれば買う、なければさっさと次の店へ移動するのを繰り返す。

「意味もなくだらだら眺めてる女って嫌よね」

自分も女性なのに涼しい顔して誹謗《ひぼう》するので閉口してしまう。「誰がどんな買い物を楽しんだっていいんじゃない」とでもこたえれば「一吹のそういうところモテそう」と左眉を上げる。

早足で歩く母さんの背中は生き急いでいるみたいで、むしろ俺は憐憫《れんびん》じみた感情を抱く。けどおかげで荷物持ちにかりだされても億劫に感じたことはない。

二時間程度で買い物を終えると、喫茶店に入った。

愛知は喫茶店が多くて行きつけのチェーン店もあったが、母さんが「あそこは東京《とうきょう》に進出してチャラくなったから行かない」と睨《ね》めつけて場所を変えてしまった。

「東京にもできてたんだ、知らなかった」

「知らないの？　えらいぼったくり価格なのよ。こっちと値段設定が違うの」

「海外にいるのに詳しいね」

母さんはウィンナコーヒーを飲んで肩を竦める。

賢司さんのことを切りだそうか、と考える。

母さんに対して俺には名状し難いある種の機嫌察知能力のようなものがあって、接していればだいたい重要な話をしていいタイミングもわかる。

狭い部屋でふたり暮らしをしていた幼い頃は、朝から「靴下がない」とかくだらない理由でストレスをぶつけ合ったりもしたけど、いまは一年ぶりの再会なのでそもそも機嫌がいいうえに、双方が波風を立てないよう気づかっている節もあるし。

「母さん、俺大晦日にでかけたいんだけどいいかな」

いがらっぽい声がでて、あ、多少は緊張しているなと自覚した。

「でかけるって、初詣でもするの？　一吹こっちに友だちなんていたっけ？」

「前に電話でゲームの友だちができたって言ったでしょ。その人ＩＴ関係の会社の副社長で、いま大阪支店で仕事してるんだよ」

賢司さんの名前と大晦日の予定を説明する。険《けわ》しい表情になった母さんに「どこで知り合ったの」と追及されて馴れ初めも話した。嶋野に最初打ち明けたときよりさらに簡潔に。

「母さんに許可をもらうために今夜電話したいって言ってくれてるから、話してくれる？」

「ふうん。べつにいいけど、三十過ぎの副社長がなんでわざわざ一吹に会いにくるのよ。変な関係」

皮肉まじりの苦笑い。同居していた頃なら遠慮なく非難されていたであろう反応だ。

「母さんって不思議だよね。普通母親って息子に彼女ができると嫉妬して、友だちができると喜ぶものなんじゃないの？」

母子家庭だし、と続けて俺がブレンドコーヒーを飲むと、母さんは心外だという顔をした。

「わたしは一吹にはやく自立してほしいもの。どこぞの得体の知れない男と遊んでる暇があったら彼女つくってさっさと結婚してもらいたいわ。だいたい男子高生にいい顔する副社長ってなによ、胡散臭《うさんくさ》い。前に携帯料金がどうとか言ってたけど詐欺《さぎ》じゃないでしょうね？」

「違うから」

昔なら俺もここで〝やめろよ〟と怒鳴っていただろうな、と想像する。

心配性の度が過ぎて、母さんは時折俺の大事なものを攻撃する。〝モテなくなる読書〟然《しか》り。賢司さんに関しては、知り合ったのを黙っていたことも気に食わないんだろう。数日おきに電話して愛してるとも言い合っているのに、秘密にしていたのかと。

母さんの寝癖のついたショートカットの髪が、窓から入る日差しに透けている。

以前母さんは肩下までのロングヘアーで、俺はそれがなぜか怖かった。仕事第一で、いつもかりかり苛々していた。物のない清潔な部屋が好きで、がらくたは捨てろ、と毎日怒った。いつの頃からか〝らくだから〟という理由でショートになった髪には、セットしきれない間抜けな癖がついていて愛嬌《あいきょう》がある。怯えなくなったし、自分のなかの変化も感じた。息子としてやっと、母親と意見交換ができるほど成長できたような。

「明日も買い物に行くの？」

話題を変えて微笑みかけると、母さんも「そうね、一吹も欲しいものある？」と厄介事をとっ払ったような笑顔をつくった。

賢司さんが電話をくれたのは夜七時過ぎだった。

ちょうど家族四人揃って夕食をすませた直後だったので、母さんは賢司さんと話し終えるとじいちゃんとおばあちゃんにも「一吹は大晦日にでかけるんだって」と報告してくれた。それが許可だと受けとった。

「まあ楽しんでらっしゃい」

まだ若干不愉快そうなのも、拗ねてるだけだと思うことにする。

自室に戻って改めて賢司さんに電話をした。

「すみません、母があんなで」

『あんな?』

笑ってくれる賢司さんの軽やかさに救われる。

母さんは外面がいいからあからさまではなかったものの、賢司さんに勤めている会社名まで名乗らせたりして終始〝うちの息子の面倒を見させてやる〟という居丈高な態度だったたから。

『そりゃお母さんが戸惑わないわけないでしょう。友だちっていえる年齢差じゃないからね。無事に許してもらえてよかったよ』

「そうですけど……賢司さん、どうやって言いくるめたんですか?」

『一吹と一緒に年越ししたいんですって普通に言っただけだよ』

それ自体がもう普通じゃない。

「とりあえず、その、すみません。ありがとうございました。楽しみにしてます」

『うん。また当日連絡するよ。——ごめんね、今夜もまだ仕事中だからそろそろいいかな』

「あ、はい。すみませんでした」

忙しいのに母さんに電話をくれて、一緒に年越ししたいと言ってくれた、賢司さん。

「仕事、頑張ってください」

心をこめて伝えると、彼のくちから洩れた微かな笑みが耳を掠めた。

『一吹の声を聞いたから元気がでたよ。一時間でもはやく行くために頑張るね』

好きだと告白してもこの人は優しい。寂しいけど昨日以上に、一秒前以上に恋しい。

『じゃあまたね』

「俺も、賢司さんの声が聞けて嬉しかったです」

咄嗟にそう言ったら、しばし間があったのちに返答があった。

『……うん。おやすみ一吹』

低い、情感のこもった声だった。おやすみなさい賢司さん、と俺もこたえて通話を切った。


それから大晦日まではほとんど母さんの奴隷《どれい》と化していた。

俺たちのあいだには〝海外赴任して努力している母さんの我《わ》が儘《まま》や願望は絶対的〟という暗黙の了解があって、朝昼晩の献立《こんだて》も外出先も母さんの好みに染まる。

じいちゃんは呆れているが、俺とおばあちゃんはもともとなんに対しても欲求が薄いので、やれやれと流されていく。

三十日は母さんとおばあちゃんと俺で、正月を過ごすぶんの食材を買いこむのが恒例だ。

母さんが「買い忘れた物があるから待ってて。ふたりとも歩くの遅いんだもの！」とひとりでスーパーへ戻って行って、おばあちゃんと駐車場で待機しているあいだ、

「あの子は将来ひとりで大丈夫かね。雄々《おお》しくて、男の人も疲れちゃうでしょうしねえ」

とおばあちゃんが心底不安そうに呟いたときは、思わず吹いてしまった。

「おばあちゃんは母さんに再婚してほしいの？」

「じいちゃんもばあちゃんも死んで一吹も家をでたら、あの子ひとりでしょう。心配だもの」

「死ぬとか言うなよ。そんなのずっと先だし、母さんもいい人さえいれば再婚するよ」

「そうかねえ……。祥子は気弱で、ひとりじゃなんにもできないから」

おばあちゃんの視線の先には母さんが入って行ったスーパーの出入口がある。母さんも娘で、母親のおばあちゃんにいまだに守られているんだと感じ入った。普段穏やかなおばあちゃんこそもっとも怜悧《れいり》で逞《たくま》しいんじゃないかと感嘆する瞬間。

行き交う人たちの騒がしい足音のなかで思い返す。母さんが賢司さんに示す厳しい嫌悪感を、傲岸な態度を、『詐欺じゃないでしょうね』という言葉を。

母さんが気弱でひとりじゃなにもできないなんて、俺にはとうてい思えない。

大晦日、賢司さんは十一時着の終電で名古屋駅にやってきた。

仕事が長引きそう、あと一時間かかる、あと三十分！　いまから駅に行くよ、電車に乗った、一吹はなにしてる？　腹減ってない？　もう着くよ、やっと会えるね――と、夕方あたりから携帯メールを何通も交わして十日ぶりに再会した。

改札口に現れた賢司さんは眼鏡をしておらず、髪も幾度も掻き上げたような癖がついていて疲れが見てとれた。服装には乱れがない。ファーつきの黒いコートとマフラーの下から紺色《こんいろ》のシャツが覗いている。

「遅くなってごめんね」

「……いえ、お仕事お疲れさまです」

正面に立った身体から香水まじりの彼の香りがして、嬉しいような切ないような気持ちがこみ上げた。

十日ぶりに会う彼の姿には懐かしさや親しみもあるのに、それとは真逆に、初対面のまるで知らない人に抱くよそよそしさもあった。

か。

「荷物、おいた方がよくないですか。先にホテル行きますか」

「そうだね、近くだからチェックインだけすませようかな」

ふたりで年越ししよう、と約束をくれたのはこの人で、俺も楽しみにしてますと返してきたというのに、淡々と「仕事大変でしたね」「いや、俺より社員の子がね、」などと日常会話をしてしまう。他愛ない話を重ねれば重ねるほど、夢心地の感情はどこかに追いやられて現実に落ち着いていく。……今夜この笑顔で、この唇に、好きにはなれないけど、と言われるんだろうか。

ホテルへは十分足らずで着いた。チェックインしてフロントにバッグを預けた賢司さんが、「一吹も一緒に預ける?」と促してくれたので、一泊ぶんの荷物が入った小さいバッグをお願いして身軽になった。

熱田神宮までは名鉄で二駅、今夜は特別ダイヤで電車も終夜運転するらしい。十分弱で駅に着くとすでに混雑していて臨時改札まであった。

人ごみに紛れて地上へでたら、大勢の参拝客と道の脇に連なった屋台が見えてくる。

「出遅れたね」

賢司さんが呟く。

俺は大晦日に大きい神社で初詣をするのが初めてだから圧倒されるばかりだ。新年までまだ三十分近くあるのにものすごい人、人、人。いったい何時頃からくるのがベストなんだろう?

「一吹、腹減ってない？　寒いし温かいもの食べながら行こうか」

「はい」とこたえて、寒空の下、身をすぼめながら賢司さんと歩いた。

よくある焼きそばやたこ焼きなんかの他に、名物のどて煮や味噌串かつが食べられる居酒屋風のテントまであって、座席で食事できる仕様になっている。

「すごい、初めて見ました！」と喜んだら、賢司さんが眉を下げて笑って「食べる？」と言ってくれたけど、幼い頃おばあちゃんに〝神さまに挨拶する前に買い物しちゃ駄目〟と躾けられていたのもあって、ひとつだけおでんを買ってふたりで食べることにした。

賢司さんが買って「持っててあげるから食べな」と箸をくれる。ゆっくり歩きながら大根を食べて賢司さんに箸を渡すと、賢司さんもじゃが芋を食べる。

「美味しいけど熱いな」

「寒いからすぐ冷めちゃいますよ」

参道に入る前に食べ終えてゴミも捨て、缶コーヒーを買ってから大鳥居《おおとりい》をくぐった。

木々に覆われた砂利道の参道を進む。途中手水舎《ちょうずしゃ》があって、「冷たいっ」と笑いながら順番で手を濯いだ。

本宮に近づくにつれ人の波がだんだん詰まってきて、カップル、子ども連れの親子、学生、それぞれが警察の誘導で寄り添うかたちになり、足をとめる。

興奮が空気の濃度も高めている。どこかから「一時間は待つかな」と会話が聞こえてくる。

「一吹」

ふいに右側にいた賢司さんが俺の手を摑んだ。息を呑む間もなく彼のコートのポケットに滑りこまされて、窮屈な隙間のなかで掌が繋がる。指と指を絡めるようにしっかりと。

硬直した。見上げたら、彼は微笑んで俺の耳に唇を寄せた。

「……一緒にいられて嬉しいよ、一吹」

年の終わりと始まりの境にいる。いま、賢司さんとふたりで。それを彼も喜んでくれている。手が温かい。賢司さんの掌の厚さと温度が伝わってくる。柔くたわむ目尻、左頰のえくぼ、なにより大切な彼のすべて。

俺も、と言いたいのに声がでなかった。参拝客の話し声や砂利を踏む足音や警察の警笛が鳴り響く騒がしい現実にいるのに、感情が賢司さんだけに支配されていく。見つめていたら余計になにも言えなくなるから俯いて、ともかくなにか意思表示をしなければと、かぶりを振った。

賢司さんの苦笑がこめかみあたりにこぼれてくる。その息づかいも、わずかに含まれた声音で雑音から見つけだせた。

「本当に……母にまで連絡をくれて、ありがとうございました」

現実からはぐれないように懸命に、ようやく声を発した。

「ううん。せっかく家族水入らずで過ごしてたところを、強引に連れだして申し訳なかったよ。お母さんたち怒ってなかった？」

「平気です。いま頃みんなで紅白を観てると思う」

「いつもなら一吹もそこにいたのにね。不良息子にしちゃったな」

不良、なんだろうか。

「賢司さんは高校の頃家族と過ごしてましたか？」

「いや、バイトしてたね。終わったあともバイト仲間と朝まで遊んでた」

「楽しそう。やっぱりそうやって、家族ともだんだん離れていくものなんじゃないですかね」

「酒も少々呑んでました」

「それは不良だ」

笑っていると前のカップルがいなくなって、賢司さんが俺の手をかたく繋ぎなおしながら数歩歩いた。微笑みかけてくれるから、俺もなんとか笑顔を返して彼の手を握り締める。周囲の人に不審がられそうだけどかまわない。今夜どうせ、いまだけならば。

「嶋野君たちはどうしてるの？」

「嶋野はミチルと一緒かもしれませんよ」

ふたりは付き合い始めたみたいで、と馴れ初めを教えると、賢司さんは感心して「縁ってあるものだね。一吹はキューピッドだ」と言った。その流れで戸崎さんの話もした。「チャラ男君は二度とこないだろうな」「そうですね」「しかたない、恋愛ってそういうものだよ」と。

そういうもの。選ばれる者と選ばれない者が必ずいるもの。

「そうですね」

カウントダウンが始まるまで俺たちは話し続けた。学校のこと、仕事のこと、友だちのこと、『アニパー』のこと。文字で交わした会話も改めて声で辿っていく。

知り合ってからの時間も遡《さかのぼ》って振り返った。

「ミチルちゃんに最初声かけられたとき、一吹は苦い顔してたよね」

「ンー……問題があったのは俺で、ミチルはなにも悪くなかったんですけどね」

「俺、白トラのときね、ネットで身を守るためには嘘も必要なのにって戸惑いながらも、一吹の誠実さは俺が失ったものだなってしみじみ考えてたよ。だけどもしかしたら、嫉妬もしてくれてたのかな」

「……はい、すみません」

以前賢司さんが『ネット上の時間の流れははやい』と言っていたけど本当だった。チャットでも密に交流し続けられたおかげで一日一日が濃厚で、数週間前の出来事も何年も昔の思い出みたいに感じられる。楽しかった、これからも一緒にいたい、と彼の手を握って感慨《かんがい》に耽った。

やがてアナウンスが流れて周囲からも「一分前ー」と声が上がり、十秒前には人ごみのなかで腕を上げて「五〜、四〜、三〜、」と指を減らしながら数える人も現れた。

そして年が明けた。「わー!」と歓声が広がって、アナウンスも「おめでとうございます」と挨拶してから参拝の列や帰りの道案内を始める。

「明けましておめでとう、一吹」

「明けましておめでとうございます、賢司さん」

挨拶をして見つめ合っていたら、お互いのスマホが鳴った。彼のポケットからそろっと手をだして揃って確認すると、林田と嶋野とミチルからの挨拶メールが届いていた。賢司さんは「社員の子と大学の友だちだ」と呟く。

電波状況が悪いので苦労して返信を送ったりしつつ、ゆっくり進む列に数十分並んでようやく賽銭《さいせん》広場に賽銭を投げ入れなんとか参拝をすませるも、周囲にはこれから参拝する人も帰る人もわらわら溢れるばかりで空《す》く気配がない。暗闇に煌々《こうこう》と輝く授与所へ非難したらしたで、今度はおみくじとお守りを買う人の長蛇《ちょうだ》の列。

「おみくじはひきたいね」という賢司さんに同意して、冷えた缶コーヒーを飲んで休憩してから突撃した。結局賢司さんが「会社に飾りたいな」と言ってお札とお守りも買っていたので、俺も学業守りを購入した。で、おみくじをひく。

「うん、吉！　悪くないな。一吹は？」

「凶です……」

賢司さんが吹きだした。

「いやいや、これからよくなるってことだからいいんだよ」

慰めてもくれる。いま幸せだから気に病んだりはしないけど、凶の文字はいい気分じゃない。

内容を適当に流し読みしたあと細長く折ってさっさと結んだ。賢司さんも「仕事運がいいからよかった」と感想を言って結ぶ。

「じゃあ凶の一吹君にこれをあげましょう」

結び終えると、賢司さんはさっき包んでもらったお守りの袋からひとつとりだして俺にくれた。なんだろう、と首を傾げて袋のなかを見たら白鳥《はくちょう》のかたちをしたお守りがある。

「愛のお守りなんだって。恋人同士で持つといいらしいよ。並んでるときカップルが話してるのが聞こえてきて一吹にあげたくなったんだよ」

愛の。

「ゆっくり話せる場所に行こうか」

賢司さんが俺の手をとって人の波から離れる。どこもかしこも人がいて無人の場所はないものの木々の陰にかろうじて人のまばらな箇所があって、隠れるようにしてむかい合った。

賢司さんは微笑んでいる。彼の右目は俺の左目を、左目は俺の右目を見据えているようで、一ミリでもそらしたらこの幸福が立ち消えてしまいそうで、指も動かせなくなった。

「一吹に言うこたえを決めてきたよ」

「……はい」

賢司さんを見ていると否応なしに涙がでてきた。腕で拭って笑う。

「ごめんなさい、大丈夫です。聞かせてください」

どんどんとめどなく溢れてくる涙に焦って、笑いながら懸命に拭った。

返事を聞く前に本当は、もう一度だけ手を繋ぎたかった。

「そんなに泣かれたら言えないだろー」

賢司さんが両手で俺の髪を掻きまわして苦笑する。

凍えた指が自分にじゃれついている。冷たいのに温かくて、大きな掌が恋しくて寂しくて、触ってもらっていても遠かった。

「泣くほど好きになってくれてありがとうね、一吹」

温かい声音でそう言ってもらうともう限界だった。辛くて苦しくて、ぼろぼろ涙が溢れてきて拭いきれなくなってしまった。

「……賢司さんと話すようになってから、たった一ヶ月程度なのに、ほんとに毎日楽しかったです。幸せでした」

「うん」

「俺の名前は父親がつけてくれたんです。生きていればまた会えるかもしれないけど、うちの両親は息子の俺と定期的に会うとか、そういう約束をしないで別れたんで、父が残してくれたものは、ほとんど名前だけなんです。それを初めて呼んでくれたのも賢司さんでしたよ」

「堪らないな。ここでまた暴君の父親をだすのか」

「すみません。賢司さんが俺を救ってくれたんだってことを、ちゃんと知ってほしくて」

賢司さんが息を長く細く吐いてから、俺の腰に両腕をまわして抱き寄せてくれた。コート越しに身体が隙間なく密着する。俺いま、賢司さんの腕のなかにいる。

俺も恐る恐る彼の背中に手をまわして抱き返した。チャットのなかでは壁際に追い詰めることしかできなかったのに、この手は便利で自由で、不自由だ。

「賢司さん、」

好きです、とまた言いたかったけど、困らせるのが怖くて言えなかった。

もう二度と好きだと言えない場所に自分はいるんだ、と思った。

どうせずっと好きでいるのにもう言えない。ごまかして、隠し続けるしかない。

離れたくない。しがみついたまま、このまま、放したくない。

「ごめんなさい、やっぱりなにも言わないで、あとすこしこうしててください……っ」

賢司さんの胸に顔を押しつけて泣いた。柔らかいシャツから彼の香水の香りと体温を感じて、それもいまだけだと思ったら哀しくてしょうもなくて、彼のコートの端を力一杯摑んだ。

「言わせてよ」

賢司さんが言う。

「大丈夫だから」

と。

顔を上げたら、賢司さんは苦笑して俺の涙を拭ってくれた。

「一吹が嶋野君とふたりでいたことがあったでしょう」

「……はい。大阪の、おみやげをくれた日ですね」

「そう。ふたりとも楽しそうで、一吹も気を許して笑ってて。俺と話すときは敬語だから砕けた話し方をしてるのを目のあたりにして、自分はおやじなんだなって感じたよ。一吹と嶋野君は若くて自分は違う。すごい疎外感だった」

「賢司さん、嶋野にケーキごちそうしたかったたって、言ってくれたじゃないですか」

「そこは一応大人ですから。でもほら、例の大阪の社員の子の話、あれね、好きでもないのにわざわざ匂わせたのは、一吹に嫉妬してほしかったからなんだよ」

「えっ……そんな理由？」

「〝そんな〟です」と賢司さんが笑う。

「一吹がゲイで、自分も恋愛対象になるんだって知ったあとははっきり嫉妬した。チャットで『好き』って言ってもらってたせいか変な自信とプライドもあって、一吹の片想いの相手っていうのが憎たらしくて憎たらしくて」

「それ、賢司さんです」

「そう聞いて嬉しかったよ。ガキだよね、俺も」

賢司さんが俺の耳元にくちを寄せた。

「嫉妬だけで暴走するほど若くはないから、母親のことも姉貴のことも、将来のことも熟考した。もちろん一吹のこともだよ。それでいまここにいるんだけど、俺がなにを言いたいかわかる……？」

「なにって、」

……彼がなんだか、嘘みたいに嬉しい言葉を言ってくれている。

「俺は結婚を考えるから女性に厳しいって言ったでしょう？　だから一吹が男で、下心なく仲よくなれたのはよかったと思うんだよ。まあ腕の傷のおかげでもとから意識してたんだけど」

「賢司さ、」

「一吹は友だちでいたいって言ったけど、俺は一吹が傍にいたらもう女だろうと男だろうと他の誰も好きになれないよ。結婚を決めて一吹に報告して『おめでとうございます』って笑ってくれるのを想像するだけで耐えられない。絶対に無理。そんな我慢させたくない。まだ出会ってもいないどこかの女性より、一吹が哀しむことの方が俺は辛いんだよ」

「だけど、お母さんにお孫さんの顔を、」

「使命感で恋愛ができないことはこの数年で悟ってるから。もし一吹の気持ちを振り切って結婚したら、後悔して落ちこんで、また本を読み漁る毎日に逆戻りだろうな」

嬉しい、と想っても涙がでた。目をきつく瞑って賢司さんを強く抱き締めて、彼の気持ちに甘えてしまいたいと想って、それでも自分は女性が与えられる幸せを返せないんだと考えて、また涙がでた。

「……俺は、駄目なんですよ。賢司さんの家族を哀しませますよ。もっとちゃんと考えた方がいいですよ」

「一吹はどこまでも誠実だよね。俺と一生付き合っていくつもりでいるでしょう？　自分の方が若くて心変わりするかもしれないことや、俺に飽きるかもしれないことを全然考えてない」

「飽きないから」

「そうやって即答してくれるところが、俺は恐ろしいよ」

「なんでですか」

「喜んじゃうからだよ。一吹が成長するのなんてすぐで、価値観も簡単に変化してあっさり捨てられるかもしれないのに、成長もとまって立ち往生してるだけの俺はひとりになっても一吹に〝飽きない〟って言ってもらったことを後生《ごしょう》大事に憶えてると思うからだよ」

寂しげなことを言うから、

「飽きません、俺は賢司さんしか好きになれないと思ってるから」

と怒気を強めてこたえたら、

「……やめなさいって」

と、賢司さんは嬉しそうに苦笑いした。

冬風が流れてきて俺たちを冷やしていく。寂しがってくれている。この人が、俺との恋に。

「……ね、一吹」

耳に賢司さんの息がかかった。

「俺の気持ちわかってくれた？　凶の一吹君」

背中を軽く叩いて返したら笑われた。

「一吹の耳熱いよ」

耳たぶを吸われて、

「……だめ、賢司さん、」

脚に力が入らない。崩れ落ちる。

「可愛い一吹」

一吹、と繰り返し囁きながら賢司さんは俺の耳下の皮膚《ひふ》や首筋を舐めた。

「……一吹、好きだよ。飽きるまででいいから俺といてね」

また寂しい告白をするから、俺も同じ言葉を返す。

「飽きません。俺は賢司さんしかいらないから。賢司さんのことを一生守っていきたいから」

怒りまじりの告白をどう受けとってくれたのか。賢司さんは潰れるほど強く俺を抱き竦めて、しばらくのあいだそのままでいた。


帰りの道のりは深夜なのに眩しくて、冬なのに酷く温かかった。

新年の世界にさっきまでの現実感は一切なく、嘘みたいに晴れやか。ホテルに着いて案内された部屋も最上階の広い一室で、なにもかも夢みたいだった。数少ない旅行経験で宿泊した部屋もここのリビングの広さにさえ満たない。高級そうなソファーセットとでかい液晶テレビ。張り巡らされた窓は夜景をぐるっと一望できるようになっていて驚愕《きょうがく》する。

隣の寝室にもソファーとテーブルとデスクがあり、ベッドはダブルベッドだった。

「すごい部屋ですね……」

「喜んでもらえたら本望《ほんもう》です」

見まわしながら窓際の二人掛けソファーに腰掛けて、賢司さんとお茶を飲む。

時刻は深夜二時過ぎ。地上を這う道路や民家は綺麗な黄金色に発光して暗い夜空を明るく照らしている。綺麗な夜景。

賢司さんは熟考したと言ったけど、初詣に誘ってくれたイブの夜にはすでにこの豪勢な部屋をとってくれていたんだよな……。

「一吹」

ぼうっと夜景に見入っていたら、左横から腰に手がまわって引き寄せられた。

振りむくと賢司さんの顔が近づいてきて唇がぶつかりそうになり、反射的に俯いた俺の額と賢司さんの額が重なった。心臓が破裂する。賢司さんは笑って額同士を擦りつける。

「……拒絶したな」

笑いながら責められて、俺は真っ赤になって狼狽《ろうばい》した。

右手で俺の頬を覆って、耳を揉《も》んで、うなじを撫でてくれる賢司さん。

「一吹とキスしたいな」

彼の吐息がくち先にかかって、息ができなかった。嬉しさで狂って頭が割れそうだ。

「キス、とか……できると、思ってませんでした。ゲイだってわかったときから、俺、諦めてたと思う、と続けるつもりだった言葉は賢司さんの唇に呑まれてしまった。」

舌で唇の表面を舐めて吸って嬲《なぶ》られた。すこし荒々しく、しかし配慮も忘れずに丹念に唇の輪郭をなぞってくれる。

賢司さんとキスしてる。大好きな人がキスしてくれている。またみっともなく泣きそうだった。

「あのときも、嫉妬してたよ」

「……あの、って」

「ファーストキスなんて気にしない方だったのにどうしてかな。一吹の初めては欲しかった」

賢司さんの首に両腕をまわしたら、彼も俺の肩に顔を埋めて抱き締めてくれた。

「好きな人とは、これが初めてだから」

俺がこたえると彼は小さく笑う。

「一吹の舌を初めて吸うのは俺にしてくれる?」

「……はい」

「じゃあくち閉じないでね」

頬に音つきのキスをくれたあと、もう一度唇を塞がれた。言われた通り今度は緊張を解いてくちを開いたら、すぐさま賢司さんの舌が口内に侵入してきて深くまで貪《むさぼ》られた。

唇って柔らかい。賢司さんはコーヒーの味がする。

しゃべったり食事したりするくちを合わせるだけの、なにがこんなに幸福感を生むんだろう。わからないけど、息がかかるほど間近で身体の一部をつけて愛情を伝え合う行為には、声や言葉とはまた違う力があった。一気に迫り上がってくる愛しさに襲われて、泣けてくるほどの。

「もう嫌……？」

耐えきれなくて俯いて唇を離したら、賢司さんが覗きこんできた。

「嫌じゃないです……息が、できなかったから」

「息？　鼻でするんだよ」

「そうなんですけど、そうじゃなくて……好きで、苦しくて」

微笑んだ彼は俺の背中を支えたままソファーに横たえてキスを続けた。容赦なく。

「もうすこし一吹に触りたいんだけどいきなりすぎるかな」

翻弄《ほんろう》されてうまくついていけないものの、求めてくれる彼の気持ちが嬉しくないわけがない。

「大丈夫です」

こたえて、俺も想いを返したくて彼の頭を強く抱き締めたら、「動けないよ……」と笑われてしまった。眉を下げて楽しそうに笑む彼が俺の唇の下をちゅと吸う。

「……このほくろにキスしてみたかった」

そう囁いてから顎へ、顎を伝って耳の下へ、首筋へ、と唇と舌を移動させつつ、右手で俺のシャツのボタンを器用に外していく。露わになった首元と鎖骨《さこつ》に下がっていく唇。

くすぐったさと気持ちよさは綯《な》い交《ま》ぜで、噛むように強引に吸い寄せられると身体がいちいち震えた。恥ずかしいけど賢司さんはその反応には笑わない。笑わないどころか俺を掻き抱いてさらに荒っぽく噛んでくる。喜んでくれているみたいで、俺も幸せで堪らなくなる。

平たいだけの男の胸が現れても、賢司さんは臆さなかった。鎖骨を舐めながら右手をするりと這わせて、撫でてつまんで愛撫《あいぶ》してくれる。

「ンン、」と声をだして肩を竦め、強烈な気持ちよさに耐えかねて身じろぎしていたら、もう片方の乳首をくちで覆われた。口内で舌に転がされて弄《もてあそ》ばれる。

恥ずかしいのに嬉しい。嫌がらないでいてくれるのが嬉しい。嬉しさと快感で涙が目に浮かぶのを感じながら「う、ぅ」と呻《うめ》いていたら、賢司さんはふっと笑った。

「一吹の声、辛そうで気の毒になってくるな」

「すみません……ちゃんと、すごく幸せです」

ふわっと綻ぶ賢司さんの顔にはやっぱり嫌悪感がない。胸が詰まって抱き締めたくて、両手で彼の頬を包んだら、彼も戻ってきて俺の右肩に頭を寄せた。

「泣いてるの」

「……賢司さんに、こんなふうに触ってもらえると思ってなかったから」

「今日俺が一吹をふると思ってた？」

「友だちでいるしかないと思ってました」

賢司さんの頬にある俺の左手を、彼が上から覆う。

「でも、」と俺は小声で続けた。

「……でも、ゲイの俺でも抱いてくれる人がいるなら、それは賢司さんがよかった」

他の誰か、が考えられなかった。ゲイの自分を初めて許してくれた賢司さんに身体も許されたかった。そしてそれも叶わないことだと思っていた。

「ベッドに行こうか」

賢司さんが俺を抱き起こしてくれる。

寝室に移動すると乱れた服を脱がせてくれたので、俺も彼が服を脱ぐのを手伝ってお互い裸になってからベッドへ入った。

照れ臭さもあって「大きい、広い、ふっかふか」と子どもっぽくはしゃいだら、賢司さんも笑いながら俺の上にきて、押さえつけるように抱き竦めてくれた。

冷えた肌と肌が擦れ合って、それが驚くほど心地いいことに気づく。思い返せば幼稚園ぐらいの裸になるのに抵抗がなかった時分にも人と抱き合ったことなんてなかったな。

体温を直接伝え合う感覚は、服を着て抱き合うのとは段違いの気持ちよさと安堵感があった。知らなかった。

「一吹に言っておきたいんだけど、俺は自分に告白してくれた子を初詣に誘って新年早々ふるような酷い男じゃないよ」

「あ、はい……」

「あと白状すると、今夜俺は我慢してたからね」

「我慢？」

「駅で会ったときからずっと抱き締めてキスしたくてしかたなかったよ」

頬、首、くち、と順にキスで襲われた。片手をかたく繋いで、さっきまでのたおやかな愛撫とはまったく違う激情のこもったそれを受けとめる。

「好きだよ一吹……好き」

好き、可愛い、一吹、と賢司さんが言ってくれるたびに、俺も好き、大好き、とこたえた。

身体のあちこちを撫でながら、舐めて嚙んで吸われた。胸もまた執拗《しつよう》に攻められて、脚を擦り合わせて喘《あえ》ぐ。

そして俺の腕の傷と腰の火傷を、賢司さんは一際愛おしむようにくちづけた。大事そうに。哀しそうに。

「――一吹、愛してる」

赤く腫《は》れた傷痕をゆっくりとすこしずつ唇でなぞっていく。

愛してる、という賢司さんの声は、母さんと交わす挨拶とは異なる重みと熱をはらんでいた。燃えるほどの慈《いつく》しみが満ちているのに、それでいてどこか幼く拙《つたな》い。まだ付き合い始めてから時間が浅いことと、浅くとも唯一無二だと確信している想いが、如実《にょじつ》に表れている。

「俺も、愛してます」

こたえて賢司さんの身体を抱き締めた。

自分の言葉もまだそんな大それた想いには及ばないぶかぶかな感じがする。でも本心だった。愛してると言いたくなる人はこの人だけだと思う。こんなふうに俺の身体の醜い傷にまで運命を感じてくれる人も、人生までぴったり合うと想い合える人も、生涯この人だけだと思う。

「一吹」

やがてまた戻ってきて俺の身体を覆うように重なった彼は、互いの性器を右の掌に束ね持って上下に扱《しご》き始めた。頬のあたりに彼の恍惚《こうこつ》とした吐息がこぼれてくる。邪魔にならないように俺も彼の背に手をまわして、唇を寄せてキスをせがんだ。

自分も欲情しているけど、彼の背中も強張って震えている。汗が彼の髪から落ちてくる。あっ、あ、と喘ぐ自分の声が高く掠れたとき、賢司さんが獣《けもの》みたいに俺の唇に噛みついた。

どっちが先だったかわからない。彼の舌に精一杯こたえようとしているうちに昂《たか》ぶりきって、腹の上に生暖かい液が広がっていた。

朦朧《もうろう》とする意識の狭間《はざま》で、賢司さんがキスだけはやめずにいつまでも続けてくれているのを受けとめているうちに、ほろほろと緩やかな眠りに沈んでいった。


目が覚めると、窓の外の夜空が幾分明るくなっていた。

賢司さんを起こさないようにそっとベッドからでて洗面所へ行く。ユニットバスじゃない。トイレと浴室もべつで、それぞれに窓があり外を望めるようになっている。……本当に豪華だ。

顔を洗って身体を拭いて、リビングにおいていたお茶を持って戻ったら、賢司さんも起きてベッドの端に座っていた。寝起きでぼうっとしている横顔。

隣に行って「飲みますか」とお茶のペットボトルを差しだしたら、ううん、と子どもみたいな無垢さで頭を振って俺の腰を引き寄せた。

「……夜が明けてきたね」

「はい」

「じつを言うと浴室から初日の出が見える部屋を探したんだけどなかったんだよ」

「窓、ありましたよ」

「方角が違うから。来年は……じゃない、今年の年末は見つけておくから一緒に風呂で日の出を見て新年を迎えようね」

俺の首筋から肩先を舌でつつと辿りながら賢司さんが言う。

はい、と頷いて、我慢しきれずに「あの、」と切りだした。

「賢司さんが初詣に誘ってくれたのってイブでしたよね。なのに、そのときには初日の出を見ようと思ってくれてたんですか？　浴室で？」

「そうだよ。一吹とどこで年越ししようかどんなふうに抱こうか、不純なことを考えて師走《しわす》を乗り切ったよ」

毛布を引き寄せて、賢司さんが互いの肩にかけてくれる。自分の腰を抱きなおす彼の腕と、手と指を見下ろして、楽しみにしてくれていた彼の優しさを想った。

「大人の賢司さんが子どもの俺を選んでくれるなんて、なんか……やっぱり夢みたいです」

「俺は一吹が懐いてくれるのが不思議だって話したよね。俺の方がべた惚れだと思うな」

「俺だってべた惚れですよ」

賢司さんが吹きだす。

「まあ……正直に打ち明けるなら、高校生と親しくなれば仕事の役に立つかもしれないっていう期待もあったよ。若い子が好きなゲーム、漫画、流行の音楽、生みだす言葉、そういうリアルに触れられるチャンスは滅多にないから」

「もしかして俺の親とか友だちの話を訊きたがったのもそういうこと？」

「半々かな。最初に話した時点で情報収集は無理そうだって諦めたから、チャットで一吹のお母さんのことや日常の出来事を訊いていた頃には、一吹が可愛くて知りたいっていう気持ちが強かったよ。仕事に関しては常にアンテナを張ってはいる、ってだけだね」

「役立ちそうな情報も提供できるように努力します……」

賢司さんは俺の身体に冷えたところがないか確かめるように撫でてくれる。腕や胸や腹や。

「俺もまだ子どもだけど、ある程度歳をとって臆病になったよ。なんにでも慎重になる。若い頃できたことができない。昔なら前だけ見てがむしゃらに走って行けたのに、いまは走る前に〝まっすぐ行くのは無謀だ〟〝舗装されたもっといい道があるんじゃないか〟って細々《こまごま》疑って、大丈夫だって確信を得ないと走れない」

道。

「でも一吹のことはどうしたって好きなんだよ。毎朝バスで眺めてた傷の子がゲイで、おまけに自分を好きになって幸せになってほしいって泣いてくれて……堪らないよ。一吹となら辛くてもいいって覚悟した、臆病なくせに。こういう無防備に飛びこむ恋愛は一吹が最後だよ」

力一杯賢司さんの腕を抱き締めた。自分より太い、体温の高い腕。

「また妙な癇癪《かんしゃく》起こして迷惑かけないようにはやく大人になるから、付き合ってくださいね」

ははは、と笑われた。

「癇癪って白トラのこととか『帰ってきたっていいですよ』メールのこと？　あれは本当に可愛かったし、一吹の冷めたところも、そのくせ寂しがりなところも繊細なところも全部ひっくるめて好きだよ。一吹の大人っぽさと子どもっぽさのバランスは絶妙で、とっても好みだな」

「面倒臭くない？」

「ちょっとぐらい面倒かけてくれる方がいいんです」

「賢司さんは大人で、寛大なんですね」

「その発想に到達する一吹が可愛くてしょうがないよ」

「違いますか」

「寛大っていうよりは単なるショタコンじゃない？　マゾの方が近いかな」

「えっ、なんですかそれ、マゾ？」

「大人になったらわかるのかね」

苦笑いのあとで激しいキスに捕らわれた。こぼれた唾液を舐めとって、ほくろも吸われる。

白々と夜が明けて賢司さんの頬や身体を明るく包んでいく。手の届くすぐ近くで微笑む彼。

「……大人でも子どもでも、一吹が一吹ならいいんだよ」


二度寝して一緒に風呂へ入ってまたベッドで抱き合って、夕方までどろどろに甘く過ごした。

チェックアウトするとき、賢司さんは絶対にもらってくれないだろうなと予想しつつ母さんから預かってきたお金の封筒を渡そうとしたら、

「受けとれないよ」

案の定、険しい表情で拒否された。

「だけど部屋も豪華でお世話になってしまったし、母も貸し借りが嫌いっていうかプライドが高いっていうか……持ち帰ると、俺も怒られるので」

「大事な息子さんを連れまわした俺がお世話するのはあたり前でしょう。いただくわけにはいきません」

　無理に押しつけようとしたら「一吹」と怖い顔で一喝された。母さんは絶対怒るし賢司さんも頑《かたく》なで板挟みになって困ったものの、彼と喧嘩するのは避けたい。渋々諦めて鞄に戻した。

　五時過ぎ、名古屋駅から帰って行く賢司さんを見送るために俺もホームへ入った。

「明日は俺も実家へ新年の挨拶に行ってくるよ。姉貴がお節《せち》作ってくれてるらしいから」

「はい。気をつけて行ってきてください」

　彼が帰るのは自分の家の近所のアパートなのに名残惜しい。メールもチャットもできるというのにおかしいな。

「一吹が帰ってくるのを待ってるね」

「すぐ会いに行きます」

　にいっと笑んだ賢司さんは、上半身を屈めて俺の唇にキスをした。

　新幹線のホームは元日でも人でごった返している。男同士で、公共の場でこんな、非常識だ。

「だ、駄目ですよっ」

「喜んでくれないか」

「いやその、場所はちゃんと、考えな、」

抗議も虚しく、逆に咎めるような長いキスが続く。

喜ばないはずがなかった。非常識なことであればあるほどそれだけ心臓が裂けそうに嬉しかった。いいんだよ、と。駅のホームだって他人がいたって、男同士だっていいんだよ、と他の誰かじゃなくこの人が言ってくれることがなにより俺を幸福にさせる。

「そういえばまだ言ってなかったね」

賢司さんが甚《いた》く真剣な面持ちで俺の目を見つめる。

「悩み事があったらまた聞いてほしいし、甘えさせてほしい。正直に接していくから、俺のことを信じてください」

目を剝いた。白トラさんの件で喧嘩したあと、携帯メールをしながら話した、あの会話だ。

「……はい」と頷いたら、賢司さんは俺の手を繫いだ。

「数日離れるのも、なんだか切ないな」

人が行き交うホームの片隅で寄り添って立つ。

「また『アニパー』で会いましょう」

そう言ったら、

「電話する」

と即答された。

「はい……好きです、賢司さん」

新幹線が入ってきた。冷たい冬の風を切って。賢司さんをひとり連れて行くために。

家へ帰ると、おばあちゃんが夕飯の支度をしていた。じいちゃんは居間で刺身をつまみに酒を呑んでテレビと会話しているので、どうやら母さんは部屋でくつろいでいるっぽい。

おばあちゃんとじいちゃんと「明けましておめでとう」と挨拶を交わして部屋に戻ってから、荷物をおいて母さんのところへ行った。

お金の封筒を返したら、こちらも当然「どうして持ち帰ってきたの」と不機嫌になる。

「年越しの家族団欒《だんらん》を邪魔したのに、受けとる権利はないって。息子さんを連れまわしたんだから自分が世話するのは当然だって、賢司さんが言ってくれて」

「ふうん。突っ返す方が失礼だって思わないのね」

「目くじら立てなくてもいいでしょ。賢司さんも金が欲しくて俺をかまってくれてるわけじゃないんだよ」

「じゃあそれ一吹にあげるからお年玉にしなさい。わたしは受けとりたくないから」

なんで。なんで母さんはこんなななんだ……？

「俺は友だちもつくっちゃいけないのかよ」

「いいわよ、変な人じゃなければ」

「近所に住んでて、俺のひとり暮らしの寂しさも紛らわせてくれて、こんなに親切にしてくれてるのに、偏見でしか見てくれないんだな」

「偏見じゃないの。わたしは一吹を心配してるの」

「電話で直接話しただろ？　悪い人だったかよ」

「くちではなんとでも言えますから」

……身体のそこかしこに、賢司さんの唇と掌の余韻が残っている。

一吹、と呼んでくれた。何度も、好きだよ、と言ってくれた。愛してる、とも囁いてくれた。喉に恋しさを詰まらせたように必死で呼吸して。

あの人がどんなふうに俺を救ってくれたのか母さんは知らない。あの人に俺がどれだけ救われたのか母さんはなにも知らない。俺を心配だと言う母さんでもできなかったことを彼がしてくれた事実を、母さんは知らない。

「賢司さんは俺の大事な人だよ。賢司さんにとっても、俺は他と違う。この傷があるから」

胸ポケットには彼がくれた白鳥守りがある。

「なに言ってるの？」

「言葉のままだよ。俺はあの人が好きなんだよ。男で、恋人なんだよ」

母さんは怪訝な顔をした。意味がわからないようすだったけど、やがて「Uh-huh」と喉で相槌を洩らして頷いた。

「あいつはゲイなのね」

「あいつって言うな。ゲイなのは俺で、賢司さんはノーマルだったよ。でも好きになっ、」

「あのね一吹、三十過ぎて独り身の男には必ずなにかあるの。本人の性格か収入か家庭の事情か、原因はいろいろあるけどろくなもんじゃないわ。そのうちぼろがでるわよ」

家庭の事情、は確かにあたっている。

「だいたい副社長で結婚もしてないってなったら大変じゃない。さっさと結婚した方がいいわ。家庭があるかないかで見下されることもあるの。貴方は枷《かせ》にしかならない、忘れなさい」

「忘れない」

「あんたはどうなの。母さんが死んだらどうするの？　あいつは一吹といつまで一緒にいてくれるの。子どももつくれない、家族もつくれないで、捨てられたらあんたひとりだよ。そこまでちゃんと考えてるの？」

母さんは先日のおばあちゃんと同じことを言った。子どもの将来を思う、母親の逞しさ。

男が男を好きになって生きていくということ。

孤独である、ということ。

心配して怒ってくれているのもわかる、父親としての責任も背負っている母さんだからこその懸念《けねん》だっていうのも頭では理解できる。だけど俺は賢司さんが好きだ。

守るという使命感を天から受けとることができないなら、自分の内側から湧き起こしていく。

女性の千倍でも一万倍でも、いくらでもこの心で、この想いだけで、なんの援護《えんご》もなくたって自分自身で生みだして、あの人も自分も守って生きていく。

「大丈夫、覚悟してるよ」

賢司さんも覚悟したと言ってくれた。俺だって同じだ。

「覚悟っ！」

けれど母さんは鼻で笑った。

「ほんと子どもなんだから。いい？　ままごとじゃないの。好きだ嫌いだで人生は生きていけないのよ、母さんを見てればわかるでしょう⁉」

「ままごとだなんて思ってない、本気なんだよっ」

「なにがどう本気なの、言ってみなさい」

「なんでも、全部。賢司さんに対して全部本気だよ」

「話にならないわ」

心をありのまま言葉にできないもどかしさで、喉が千切れそうになる。

「悪いことしろって母さんだって散々言ってきただろ！」

「悪いことの種類が違うでしょ」

「俺をこんなふうに産んだのだって母さんじゃないか‼」

酷いことを言った。酷く、攻撃的になっていた。

男の自分を好きになってくれた賢司さんの愛情を無下にするもの、自分たちを引き裂こうとするもの、それらすべての外敵を潰してやる、どうなってもかまわない、どんなに残酷でもどうでもいい、賢司さんがくれた想いを守る、誰にも自分たちを否定させない。許さない。

そんなふうにしか考えられなかった。

母さんは俺をじっと睨みつけて押し黙っていた。

傷つけた、と思った。父さんを傷つけたときとは別格に、傷つけようとして傷つけた。

なにもかも自覚していて嵐のような罪悪感が背筋を這い上がってきてもなお、引き下がれなかった。どうしても。どうしてもどうしても。

どうしても、賢司さんが好きだった。

一月五日に、母さんと俺はじいちゃんたちの家からそれぞれの日常へ戻って行った。

「じゃあね一吹、また電話するわね」

「うん、母さんも元気で頑張って」

親子だからなのかどうなのか、俺たちは言い争った事実など嘘のように別れまでの数日を過ごした。母さんはいずれ海外へ帰るし、俺もそれをわかっている。おまけに家にはじいちゃんとおばあちゃんもいる。この状況で喧嘩を長引かせるほどお互い偏屈でもない。

ただ俺たちのあいだで賢司さんの話題がタブーになった。それだけだ。

賢司さんとは毎日『アニパー』で会った。

彼は電話をすると言ってくれたけど木造家屋は壁が薄く、母さんに声が筒抜けなのに悠々いちゃつけるほど図太い神経は持ち合わせていないから、『アニパー』がいいとお願いした。

——『ここでセックスする人もいて正直引いてたんだけど、これからは嗤えないかもな』

言いながら、シイバがソラを抱き締めてくれる。

賢司さんは三日から仕事をしていて、前に話していた〝抱き締める〟というアクションを本当に作ったからと、俺にもくれた。でも〝抱き合う〟のは不可能で、俺が抱き返そうとすると賢司さんの手が離れてしまうから、俺は棒立ちになって一方的に抱き締められるだけだ。

——『チャットのセックスってどうやるんですか？』

——『それはお誘い？』

――『単純に疑問に思ったんです』

――『文字の会話でしてるつもりになるって感じかな。「好きだよ（挿入する）」「あんっいやんっ（腰を振る）」みたいな』

……

――『文才が必要そうですね……。テレフォンセックスの方が臨場感ありそう』

――『文才って考えると俺はテクなしだな。やらないようにしよう』

笑ってしまった。

――『リアルではテクニシャンですよ』

――『褒めてもらうほど披露《ひろう》してないでしょう。まだ一吹のなかに入れてもらってないし』

――『うん。あのときどうしてしなかったんですか』

――『一吹が大事だからかな』

大事……。

――『俺は賢司さんに入れてほしい。賢司さんのことを自分の身体の奥でも感じたいです。それで賢司さんにも気持ちよくなってもらって、俺も賢司さんを満たせるんだって思いたい』

――『ありがとう一吹。心配しなくていいよ、充分満たされてるから。その証拠にいま俺の顔真っ赤だからね』

――『写メして』

――『やだよ』

無理矢理シイバを抱き締めて形勢逆転、今度はシイバを棒立ちにしてやる。賢司さんが可愛くて恋しくて恋しくて堪らなかった。

――『好き。賢司さん大好きです』

母さんに投げつけた暴言は、母さんが俺と何食わぬ顔で接するようになっても俺を縛り続けた。でも謝れない。母さんが容易く会えない遠い海外へ帰るんだと理解していても、謝ることはできない。それは母親に対する意地でもあり羞恥でもあり、賢司さんに対する愛情でもあった。

――『一吹、なんで電話したらいけないの』

暗澹とした気分も賢司さんといるあいだは和らいだ。

――『一吹の声が聞きたいな』

世間の誰が、母親が、たとえ祝福してくれなくとも、俺が賢司さんを想っていることも、彼が俺を好いてくれていることも事実で、誰にも汚せない現実だ。

――『賢司さんに会いたくなるからだめ』

直接の理由でないにしろ、本心ではあった。またシイバの頭上に文字が浮かぶ。

――『愛してるよ一吹』

――『俺も愛してます、賢司さん』

家に帰るとまず掃除洗濯をすませた。賢司さんは仕事に行っているので彼が頑張っている日中は俺も家事と読書に費やしたかった。

嶋野とミチルからは交互にメールが届く。たまに一通のメールにふたりのメッセージと写メがあったりもする。

『初詣にきたよ。人がすげーいてうぜえ！　コウジりんご飴食べたよ。コウジってばりんご飴食べたことなかったんだってー。　ミチル』

格好つけた嶋野とりんご飴を持ったミチルの写メが幸せそうだった。見せつけやがって。

『おまえもそのうぜー参拝客のひとりだろ。

俺もりんご飴食べたことないな』

返事を打って、今月予定されている三者面談のプリントの『三者面談』という文字の部分をアップで撮影して写メ添付で送っておいた。今年は俺ら受験生だぞ嶋野。

林田もメールをくれる。

『もう帰ってきたんかー？　俺ら毎日ぼっちカラオケしてんぜ、河野もくる？』

こっちはみんなでカラオケしている写メがたまに添えられていた。賑やかで楽しそうだ。

『日中なら行こうかな』と打って、ベランダにでて空を撮影してから写メ添付で返信をする。

林田には癒やしを。

夜七時、賢司さんから『いまバスに乗ったよ』と連絡がきて、到着時刻を見計らってバス停で落ち合った。

賢司さんの部屋へ行って彼が買ってきてくれた『かすが』のお弁当を食べながら、おばさんも年明けから元気だったことや、お弁当のひとつが俺のぶんだと知ると牛乳プリンをふたつサービスしてくれたことなんかを教わった。

食事を終えると今度は俺が日中なんの本を読んでいたのか、どんな感想を抱いたのか話して、そうしながらキスを繰り返していた。

町にいても家にいても、まだ正月の、地に足がついていないようなのどかな雰囲気がある。賢司さんの傍にいるとその現実離れした夢心地はいっそう濃くつきまとった。

ベッドへ行って服を脱ぎ捨てて抱き合う。

「賢司さんは夢みたいですね」

「夢?」

「嘘みたいに幸せだから」

「……俺にとっては一吹が現実なんだけどな」

彼が苦笑する。そうしてまるで俺を慰めるような手つきで全身を撫でて、足の指の一本一本まで丁寧に舐めとり口淫《こういん》で俺だけを満たしてくれたあと、抱き竦めて言った。

「ようすが変だね。寂しいの……?」

胸の真んなかが締めつけられて、その痛みとまだ微かに燻っていた劣情が絡み合いながら自分を溶かしていく。俺を上から庇うように抱擁してくれている賢司さんの身体も頼もしく温かくて、細胞が崩れていきそうだった。

一日楽しく過ごしたしそれを報告もしたのに、賢司さんは俺が無視してひた隠しにしている罪悪感を暴いてしまう。責められる言葉より優しすぎる言葉の方が何千倍も苦しい。

抱き締め返して頭を振った。大事なものがある人生は寂しい、とこの人を見ていても思う。賢司さんが大事で、母さんも家族も大事で、寂しい。

「俺もくちでさせてください」

賢司さんの汗ばんだ頬にくちづけてから身体を起こして、俺も下へ移動した。

一吹はまだそんなことしなくていいよ、と遠慮する言葉とは裏腹に彼の興奮が冷めていないのは一目瞭然《いちもくりょうぜん》で、俺はかまわずくちに含んだ。同じ性器を持っているのでうまくできなくともどこが感じるのかは予想がつく。舌先でなぞって舐めて、すこし強く吸い上げて、執拗に刺激した。

賢司さんは、くっ、とか、……はあ、とか押し殺すような声を洩らして俺の頭を撫でてくれる。恋しいと想う。好きな人の身体にまで丁寧に愛情を注いで自分も幸せになりながら、愛しい、と想う。

その後一緒に風呂へ入って「賢司さんは喘ぐ声も格好いいですね」と言ったら笑われた。

身体を洗いながらもキスをして、見つめ合ってははにかむ。賢司さんが俺の顎を上げてほくろを舐めたりわざと音を立てて吸ったりするから、俺も彼のえくぼのくぼみに舌を這わせたり舐めたりして返す。

そして風呂をでてふたりで着替えているとき、賢司さんが開いたクローゼットの棚の隅におかれていたそれを見つけてしまった。白い上品な表紙の、ドラマとかでよく観るお見合い写真のアルバム。あまりに無造作で賢司さんもあっという顔で気づいたし、お互いあからさまに顔を見合わせてしまったものだからごまかしきれなくなる。

「ごめん、気にしなくていいよ。実家に新年の挨拶に行った日、母親に無理矢理押しつけられたんだ。どうも知り合いが俺の仕事知ったらしくて、母親に〝娘と結婚前提に〟って強引に迫ったみたいなんだよ。母親も渋々で、俺に本気ですすめてるわけじゃないから」

「はい、ええと……大丈夫です」

賢司さんの物言いは沈着冷静だった。俺の横へきて長い両腕と大きな掌で俺を抱き締めると、腕を擦りつつキスをしてくれる。

でもまだ記憶の浅い箇所にある母さんの言葉を思わずにはいられなかった。

『だいたい副社長で結婚もしてないってなったら大変じゃない。さっさと結婚した方がいいわ。家庭があるかないかで見下されることもあるの。貴方は枷にしかならない、忘れなさい』

『ままごとじゃないの。好きだ嫌いだで人生は生きていけないのよ』

俺は今後この人にどんな無理や苦労を強《し》いるんだろう。

賢司さんの肩に頭を乗せて寄り添いながら、この人が傷ついても痛むのが自分ならいいのにと想った。

俺を選んで俺を幸せにしてくれた賢司さんが苦しむのなんて、不当だ。


日付が変わる頃になって賢司さんの家をでた。

いつものように見送りにきてくれた彼とバス停で別れてマンションへ行く。エントランスへ入る寸前に振りむいても賢司さんはまだそこにいて、目が合うと、ん？　というふうに笑顔で片手を振ってくれた。

たまには俺も賢司さんを見送りたい。と、伝えたくても如何せん大声をだしていい時間帯ではないので、携帯メールをしてみた。

『もういいですよ。今日は俺も賢司さんを見送ります』

賢司さんがスマホを確認し、俺を一瞥して苦笑いしてから返事をくれる。

『いいから、はやくなかに入りなさい』

『俺はあと一歩で帰れる。賢司さんは百歩以上歩くでしょ。不公平じゃないですか』

『一吹を見送らないと不安なんだよ』

『俺も同じです。賢司さんが心配だし守りたい』

ほっ、と息をついて読み終えた彼は、スマホをコートのポケットにしまって道路の左右を確認し、大股でたったたっと近づいてきた。

なんできちゃうんだ、と憮然《ぶぜん》と唇を尖らせていたら、風を巻きこんできた彼にさっと抱き締められた。

「おばか」

声が笑っている。

「ばかじゃな、」

くちを塞がれてしまった。声とも文字とも違う、彼の想いが雄弁に伝わってくる深いキス。俺も倒れないように彼の服にしがみついてこたえる。

「我が儘言うなら帰さないよ」

……賢司さんもおばかだ。

で、俺たちはおばか同士手を繋いで彼の部屋へ逆戻りした。とはいえ彼は明日も仕事なので、ベッドに入って大人しく眠ることにする。大人しく、むかい合って指と足を絡め合って。

「俺、今日みたいなことを繰り返してたらここに入り浸って自堕落《じだらく》な人間になりますね」

げんなりため息をつくと、賢司さんがおかしそうに笑った。

「俺は一吹と一緒にいたいよ」

「駄目ですよ。俺、怠けると際限ないから」

「想像つかないな」

「ひとり暮らしを始めた頃はめちゃくちゃでした。ちゃんと律してないと駄目なんです俺」

一生内緒にするつもりだったことを言った。なのに、

「じゃあいずれここで一緒に暮らそう」

彼の返答は予想の斜め上をいくもので、驚いて、一瞬時間がとまった。

かつてお姉さんと暮らすために越してきた部屋。お姉さんを守るために、でも守れずに後悔とともにひとりでとどまり続けていた大切な場所へ、きてもいいなんて。

「俺は一吹にいてほしいよ」

賢司さんは俺の額に唇をつける。目をぐっと瞑って賢司さんの胸に押しつけた。片手を彼の左胸の上に重ねると、彼も俺のその手を握ってくれる。

「……俺、賢司さんのことを忘れません。これから大学いったり就職したりしていろんな人と知り合っても、たとえもしまた恋愛しても、賢司さんはずっと俺の特別な人です」

額に彼の鎖骨の感触がある。掌には彼の心臓の鼓動が、鼻先には彼の香りが。

「一吹は俺と別れることを考えてるの」

「ううん。でも異性の恋人より、そうなる確率は高いと思ってます」

俺は正直にこたえた。

「さっきの見合い写真のこと？　それとも俺が頼りないだけかな」

「賢司さんはなにも悪くありません」

「ならどうして一緒にいるって言ってくれないの」

賢司さんが俺の顔を覗きこんでくる。暗闇に微かに光る彼の瞳が鋭く揺れている。

ここで暮らせたら、帰りに見送りにきてくれる彼がひとりバス停の横で佇んで、心許《こころもと》ない顔をする姿を見なくてすむんだろう。自分は臆病だと言った彼の、俺の成長と心変わりに対する懸念も、徐々に薄れていくのかもしれない。

想像してみた。一緒に家をでてバスに乗り、時間が合えば一緒に帰宅する日々。『かすが』のお弁当や俺の手料理をふたりで食べて、テレビを観たり読書をしたりする一時《ひととき》。時間はたっぷりあるんだから、いまよりもっとつまらない、くだらない話もできるんだろうな。

辛くてもいい、無防備に飛びこむ恋愛は一吹が最後だよ、と告白してくれた賢司さん。

「一吹？」

「俺……母さんに酷いこと言ったんです。俺をゲイに産んだのは母さんだって。……あんなふうにカミングアウトしたくなかったのに。でもどんなに慎重に言ったって同じだったと思う。傷つけた。賢司さんにも賢司さんの家族にも、いつか同じ思いをさせるんだって考えると辛いし、怖いです」

覚悟してても怖いです、と続けた。好きです、とも言った。手をかたく握り締めた。

「……そうか。やっと合点がいったよ。一吹のようすがおかしかったのは俺のせいでお母さんと喧嘩したからか」

賢司さんが安堵に近いため息を洩らして、俺の後頭部を左手の掌で覆う。

「なにかあったらひとりで悩まないで言いなさい。これから何度も似たようなことがあるよ。俺たちの親は幸いとても息子想いだから、心配して怒ってもくれるだろうね。でもそれは幸せなことだよ。ふたりでいるために一緒に時間かけて説得していこうよ」

彼の声は酷く温かいばかりで、しかも怯えるどころか深刻ささえ微量な力強いもので、俺を途方もない気持ちにさせた。

心が至福感で温もっていく。

「一吹、大丈夫？　無関係の他人の方がもっと残酷な言葉を投げつけてくると思うよ、ちゃんと一緒に耐えてくれる？　俺は一吹が傷ついて怖じ気《おけ》づくことの方が怖いな」

涙がぼわぼわ溢れてきたけど懸命に頭を振った。大丈夫、と言った。

「大丈夫、他人はどうでもいいんです。すこしでも大切だと思う相手だと困るだけだから」

「困っても俺から逃げないでね」

「逃げない」

「じゃあもしまた恋愛したらって話をしたこと、謝ってもらおうかな」

顔を上げて賢司さんの唇に嚙みついた。彼の上にのしかかって肩を押さえつけて貪る。恋しくて恋しくて、ごめんなんて言う余裕はなくなった。

「……一緒に暮らすってこたえも聞いてないよ、一吹」

「いまの生活じゃどうなるかわからない。母さんが海外から戻って、あのマンションが、」

こら、と笑いながら頬を軽くつねられる。

「そこは嘘でもいいから〝賢司さんと暮らす〟って言いなさいよ」

「賢司さん嘘は嫌いでしょう」

「時と場合によるの。空気読んで」

右の下瞼についたままだった涙が賢司さんの頬に落ちた。微笑む彼の唇がへの字に曲がって拗ねてくれている。

俺は彼がよくしてくれるように、彼の耳に唇を寄せてこたえた。

「ここで賢司さんと暮らしていきたいです。それで毎日俺のなかに賢司さんのを入れてほしい。賢司さんのことを自分の身体の奥でも感じて、気持ちよくなってもらって、俺も貴方を満たせるんだって思いたい」

愛してます、という最後の言葉は途中で断ち切られて、身体を倒して襲われた。

本当に赤面してくれたのか見たかったのに、見せてと頼んでもうるさいよと一蹴《いっしゅう》されてしまう。パジャマに進入してきた手に乳首をしつこく攻められて、やっ、と声を上げた。噛まれている首筋がちょっと痛い。

「新年早々から働いてる社会人の睡眠時間を減らす罪は重いよ」

「おしおきして、いいですよ」

「煽るんじゃないの」

優しくしたいのに、と切羽詰まったように呟いた賢司さんは、その想い通りこれまでのセックスでは指でほぐす以外の愛撫をそこに施さなかった。でも舌も駆使して手加減せず柔らかく緩めていく。

身体の隅々までいままで以上の熱情で愛された。達しそうになると中断されて、むず痒くて息苦しくて、もっと、と羞恥もなく懇願《こんがん》せずにいられないほど欲望を駆り立ててくるくせに、やっぱり達《い》かせてはくれない。悔しくて辛くて恋しくて涙がでてくる。そして長い時間かけて泣き腫らして、朦朧と、呆然とする俺を抱き締めると、彼はようやく俺のなかへ身体を沈めた。

「……痛くない？」

「もう痛いかどうかも……わからない、」

「よかった」

よくない、ひどい、という気持ちで肩先を叩こうとしても、腕にはてんで力が入らず空をさまよって落ちた。揺すぶられて、賢司さんが俺にキスをしながら、愛してる、と言ってくれるのを聞く。汗まみれの肌が擦れるのが気持ちよかった。自分の身体がちゃんと彼を受け容れられてよかった。こんなに全身火照って感じてくれてよかった。

俺も好き、と言ったけどうまく言葉になっていなかったかもしれない。

俺の首元に顔を伏せた彼が一際大きく呼吸して、俺の掌を強く掴む。自分のなかに彼が放つものも一滴残らず受けとめられる身体ならよかったのにと、切なかった。


「目が覚めた」

今夜二度目のシャワーをすませて着替えると、賢司さんは片手で目頭を擦って肩を落とした。

「明日一日絶対辛いだろうな……」

時刻は深夜二時をまわっている。「ごめんね」と謝ったら、「可愛く言うな」とぞんざいな物言いで怒りながらも、彼は微苦笑して俺のくち元のほくろを舐めてくれた。

「俺、コンビニ行ってなにか買ってきましょうか。飲み物も切らしちゃったから」

空っぽのペットボトルを見遣ると、賢司さんは途端に厳しい表情をした。

「ひとりで行かせるわけないでしょう。……しかたないな、じゃあ散歩がてら歩こうか」

夜のコンビニ。無意識に無神経な提案をして、我が儘に付き合わせる格好になってしまったのを反省したけど、彼との深夜の散歩には胸が弾んだ。

アパートをでて、どちらからともなく手を繋いで歩く。

コートしか羽織ってこなかったせいで、賢司さんが自分のマフラーを解いて「寒いでしょう」と俺の首に巻いてくれた。朝のバスで見ていたお洒落なマフラー。

コンビニはすぐに着く。雑誌コーナーをまわってジュース棚で飲み物を選んだ。賢司さんはコーヒーにしようとして「余計目が冴えるな」と躊躇《ためら》い、ジンジャーエールを。俺はホットの紅茶とおしるこを。

賢司さんは驚いたらしく、会計しているあいだにも「なんでおしるこ？」としきりに訊いてくる。「正月っぽいから」とこたえるんだけど「正月の深夜におしるこ？」と顔を覗きこんでくるし、店をでてからも「正月はおしるこかあ」と大げさに繰り返してからかう。

「紅茶も買ったじゃないですか」

恥ずかしくなってきて繋いだ手の肘で腰を攻撃したら、彼は楽しげに吹きだした。

群青色の夜空が透き通っている。不思議な気分だった。ちゃんとセックスして身体でもひとつになれた彼と歩く夜は、空気の透明度が増して鋭く澄み渡り幸福に充ち満ちている。

「賢司さん」

「ん？」

「俺いま、自分が世界で一番幸せだと思う」

臆面《おくめん》のない想いをくちにしたくなるぐらい、彼への恋しさでいっぱいだった。心も身体も。

「あぁあああっ」

そのとき突然背後で奇声が発せられて、賢司さんが俺の身体をぐいっと引き寄せたのと同時にうしろから体あたりされた。賢司さんの背中に衝撃があったのを、彼の腕のなかで感じた。

え？　と真っ白になった。なにがあった？　誰？　賢司さんは⁉

「おまえらのせいで朝バスに乗れなくなった！」

賢司さんに抱かれたまま身じろいで声のする方へ目を凝らしたら、仁王立《におうだ》ちしているのはひょろりんだった。外灯の光に右手のカッターナイフが煌めいている。

「賢司さんっ」

切られたんじゃ⁉　と彼の顔を見上げると、彼はひょろりんを睨んで憤然と怒鳴りつけた。

「おまえの自業自得だろ‼」

「うるせえっ、どいつもこいつも人をばかにしやがって……！　こっちは正月から残業してクソな上司の言いなりになってへこへこ頭下げてるってのに、夜中にコンビニできゃっきゃしやがってよおっ。男のくせにちょっと触られただけで騒ぎやがったってのに、なんだおまえら、手なんか繋いで歩いてやがんじゃねえか、変質者はどっちだよ！　殺してやるぁっ‼」

ひょろりんが千鳥足《ちどりあし》で襲いかかってくるや賢司さんは左腕でナイフを受けかわして、奴の股あたりに蹴りを入れた。ひょろりんが容易くよろけて尻餅《しりもち》をついたところで、その腕を素早くねじり上げてアスファルトに押さえつける。

「一吹、警察呼べ！」

賢司さんの左腕のコートが切れている。

「腕……賢司さん、」

「いいからはやく‼」

ひょろりんは賢司さんに背中から体重をかけられて「あ、うぅ……」と呻いている。酷く酒臭い。地面に転がったカッターナイフには血が。

思考が麻痺《まひ》して、震えながらスマホをだして通報した。

話している間にも賢司さんの黒いコートの切れ目からシャツに血が滲んでいくのが見えて、涙がぱらぱらこぼれた。「場所は、おぼろ坂の、」と覚束《おぼつか》ない口調で説明しているあいだ、首狩り坂、という別名が脳裏を暗く不気味にうねっていた。

自分が昔母さんのことを守れたのは相手が父さんだったからだ、と思った。それになにもわけがわからない子どもだったから。

異常な人間の暴走はここまで恐ろしいものなのか、刃物はこんなに怖いものなのか、大事な人の、賢司さんの血を見るのは、これほどまでに辛いものなのか。

「賢司さん、傷見せて」

電話を終えてから縋りついて確認すると、裂けた傷口から赤黒い血が流れでてきた。

「止血」と無意識に呟いて、自分の首にあったマフラーを賢司さんの腕に巻きつける。強く。

「一吹、泣かなくていい」

「泣いてない」

嘘だ、涙がとまらない。

「……一吹」

賢司さんはひょろりんを押さえる手に力をこめたまま笑った。

「一吹が無事でよかった、今度は守れたよ」

涙が堰《せき》を切ったように溢れだした。笑ったりするなよっ……。

「こんな目に遭わせて、ごめんなさ、」

「一吹のせいじゃないだろ、悪いのはこいつだから」

ひょろりんの腕を締め上げる。ひょろりんは情けなく「ひぃてててぇっ」と叫ぶ。

「絶対示談には応じないからな、覚悟しておけよひょろりん。ついでに一吹とミチルちゃんへの痴漢の罪も償《つぐな》うか？　ん？」

「すみません……っ」

「はいはい、許さないよ。死んで地獄に堕《お》ちても後悔し続けな」

おぼろ坂の下にパトカーが停まったのが見えた。坂道をふたりの警察官が駆け上がってくる。

ひょろりんを警察官に引き渡すと、賢司さんは真っ先に俺を抱き締めて宥めてくれた。それから彼は怪我の手あてのために救急車で病院へ行き、俺は事情聴取のために警察へ。

警察官と話しながら、賢司さんはお姉さんが傷つけられたときこんな気持ちだったんだろうかと始終考え続けていた。こんなえも言われぬ遺恨《いこん》を、無力さを、十年以上も——やっと自分も肌で理解したんだと思った。

家に帰って呆然としたままひとりで飲んだおしるこは、舌を突くほど冷たかった。

賢司さんの怪我は全治十日の左上腕部切創《せっそう》。

彼がそこそこ名の知れた会社の重役だったことで、事件は小さくニュースにもなった。

事件直後、賢司さんはまた俺の母さんと電話で話してくれた。

一緒にいたこと、深夜に俺を連れ歩いたこと、ひょろりんのことについて、真摯に報告し謝罪してくれるのを俺は横で黙って聞いていた。包帯の巻かれた彼の痛々しい左腕を見つめて。

「――無事だったとはいえ、一吹君に被害がなかったとは思っていません。本当に申し訳ございませんでした」

これにつけこんで、そら見たことかろくな男じゃない、別れなさい、と叱られるんだろうと予想していた。けれど俺が電話をかわると、母さんは弱々しい声で、

『彼は守ってくれたのね』

と言った。声が震えていて泣いているんだとわかる。

『よかった……』

ここまで心底ほっとする母さんの声を初めて聞いた。

「ごめんね」

『ばかなんだからっ。痴漢されたときに警察に逮捕してもらえばよかったでしょ！　コンビニなんてあんたひとりでも行くんだから、彼がいなかったらどうなってたのよっ』

「ごめんなさい」

『全治十日って……わたしはかすり傷だろうと一吹に負わせられたら犯人を許さないからね、母さんまで犯罪者にしないでよ⁉』

うん、と頷いた。そうだ。父さんさえ許さないと言った母さんは、こういう人だった。

本当にもうっ、と嘆いた母さんが息をついて『……あとね、』と続ける。

『あとね、母さんあれから考えてたよ。こっちでゲイの知り合いにも相談してみた』

「相談って」

『一吹、初めてなにかを欲しいって我が儘言ったでしょ。貴方をそういう寂しい子にさせてしまったのもわたしだものね。一緒にゆっくり考えていきましょう』

……寂しい子。

「俺は賢司さんといると寂しくないんだよ」

『わかったわ』

母さんが静かに囁く。

『愛してるからね一吹』

「うん……俺も愛してるよ母さん」

　電話を切る。と、賢司さんが右腕で俺の肩を抱き寄せてくれた。彼の首筋に額をつけて寄り添いながら、自分はこうして守られて甘えさせてもらうばかりだと思った。

「……母さんに賢司さんとのことを話して、俺が『覚悟してる』って言ったとき、母さんは鼻で笑ったんです。腹が立ったけど、いまはわかる。言葉で言うだけじゃ駄目だった。なんにもできなかった。ごめんなさい」

　俯くと賢司さんの不自由そうな左腕が眼前にあって、事故の光景が蘇った。呼応するように自分の左腕も疼《うず》く、けど俺が傷を負った当時は幼すぎて衝撃も痛みもぼやけた記憶の彼方だ。わかりはしない。ひとつも。彼の痛みのなにひとつも。

「賢司さんのかわりになりたいです。この傷が俺のになればいいのに。……ごめんなさい」

　母さんの言う通り、痴漢に遭ったとき俺がひょろりんを警察に突きだしていれば、コンビニに行くなんて言わなければ、こんなことにならなかったんだ。

「予想通りの落ちこみ方してるね」

　はは、と賢司さんは笑って俺の左頰に自分の頰を擦り寄せた。

「一吹は充分俺のかわりに傷ついてくれてるでしょう。こんな傷より、心の傷の方が痛いよ。ずっと一吹と同じ立場だった俺はよくわかってる。だけど一吹はいまの俺の、好きな人を庇った人間の気持ちだって知ってるんじゃない？」

「……賢司さんの気持ち」

「お母さんに謝ってもらいたいと思ったことある？」

「いえ」

謝られるのは嫌だった。

「そうだよね」と賢司さんはまた笑う。

「俺はひょろりんにちょっと感謝してるんだよ。一吹を守ることで過去を断ち切れたからね。それに一吹はやっぱり運命の子なんだなあってしみじみ納得しちゃったな」

賢司さんはいつにないほど晴れ晴れと朗らかに微笑んで、無邪気に俺を抱き竦める。

「なんで、そんなに明るいんですか」

「一吹はなんで暗いの？」

「痛いでしょう、傷だって」

「不便ではあるね。せっかくだから一吹にいろいろ手伝ってもらおうかな」

風呂もセックスも、と耳打ちする。

「それに、俺はわざと切られたんだよ。刑事事件にして逮捕してもらうために」

「わざと!?」

「仕事し辛いから左腕にしたけど、タイピングは辛いかな」

 こともなげに言って左手を握ったり開いたりする彼に、猛然と怒りが湧いてきた。なんだよそれ……どうしてだよっ……。

「危険なことしないでくださいよ‼　ふざけんなよ、もっと酷い怪我になってたらどうしたんだよ……っ！」

彼の胸を拳で叩いて睨み上げた。ばかっ、ばか野郎！　と叫んで叩いた。力をこめられずにゆるゆるの攻撃で、何度も何度も叩いてやった。

「一吹、ちょっと痛くなってきた」

「うるさい！」

強引に抱き締めてとめられる。彼の腕に捕まって、胸にしっかりおさまって、悔しかった。嬉しかった。さまざまなかたちで湧きだす激情は体内を駆け巡って皮膚《ひふ》を突き破らんばかりに暴れるのに、ここで、目の前で彼が幸せそうに、健《すこ》やかに笑ってくれていることに、ただ安心した。彼が幸福であることが、俺の幸福なんだとわかった。

「一吹、俺たち絶対別れないね。きっと死ぬまで一緒だよ」

俺は怒っているというのに、彼はちぐはぐなことを言う。ちぐはぐに、温かい掌で俺の背中を何遍も擦って、運命というものについて話をしている。

「……傷が治ったらまたお母さんと話させてくれるかな。一吹と真剣に付き合っていきたいと思ってることを改めて伝えて挨拶したいから」

頷いてこたえた。もう声もでなかった。文字でもきっとなにも言えない。

彼の胸のなかで彼の香りを吸って俺も考える。自分の身体の傷、賢司さんのお姉さんの傷、林田や嶋野やミチルの存在、おばあちゃんの逞しさ、母さんの弱さ、賢司さんの過去とこの傷、それらの意味と運命について。

俺から逃げないでね——賢司さんの声を思い出した。逃げない、と心のなかでもう一度こたえた。

逃げない。なにがあっても。いまが過去になっても。未来に繋がる俺たちの道が、どんなに険しい坂だとしても。


一月後《ひとつき》ひょろりんに下された判決は懲役一年四ヶ月、執行猶予《ゆうよ》四年。

賢司さんは俺にキスをしてから唇のすぐ手前で、「軽いな」と文句を言った。

──七時四十分おぼろ坂着、岬駅行き。

マフラーを巻いてバス停へ急いだ。

賢司さんは最後尾にいて、目が合うといつものように唇だけで、おはよう、と言った。俺は彼のうしろに並んで小声で「おはようございます」とこたえる。

背中をむけている彼がバッグを持っていない方の右手の指先をくいくい振った。おいでおいで、の逆さみたいに。

手を繋ごう、という合図かと思って右手で掴んだら握り返してくれた。彼は振りむかない。

朝のバス停でふたりだけの密やかな会話みたいに繋ぐ手。途端に愛しさと嬉しさと恥ずかしさが迫り上がってきて、彼の悠然とした背中を抱き締めたくなった。

公衆の面前でも触りたいと想ってくれるのが嬉しいし、飄々《ひょうひょう》とこんなことするのが格好いい。

賢司さんの掌に〝すき〟と書いた。

そうしたら彼はちょっと振りむいて、「わからない、もう一度」と言った。

ゆっくり丁寧に〝すき〟と二回書いたら、「したいの？」と言う。

え？　と首を傾げたそのすきに腕を引かれて、一瞬だけのキスをされた。

す、きす、き──違う、キスじゃないっ……。

「一吹は我慢できない子だね」

空は綺麗な冬晴れ。刷《は》いたような薄い雲が伸びやかに広がっているのを見上げて、賢司さんこそ、と俺は想う。

坂のむこうからバスがやってきた。

俺たちを連れて行ってくれる朝のバス。手を離すまであと数秒。俺がきつく握り締めると、彼もいっそう強く握り返してこたえてくれる。

# あとがき

同性との恋は孤独なものだと思います。幸福とは常にどこか不自由なことだ、とも。だからこそ強い想いで己の弱さと戦う人たちが愛しい。賢司と一吹は相思相愛のふたりなので書いているあいだも優しさで満ち足りていました。延々と書き続けていたかったです。

そういえばわたしも高校の頃電車で毎朝見かける憧れの私服会社員がいました。その彼と休日に駅で会ったことがあります。前から歩いてくる彼、電車ではいつも無表情なのに笑顔で、横には女性がいて、女性はベビーカーを押していて、彼の腕にも赤ちゃんが――。小説のネタになる……！　と大喜びしたんですけど、あとがきのネタになっちゃったな。

ｙｏｃｏ先生。ずっと好きだった先生とようやっとご一緒できて本当に嬉しかったです。執筆中頭に描いていた彼らの柔らかくも明るいばかりじゃない日々は先生の描く静寂と密やかな温もりの生きた世界そのものだったので、想像が現実のものになる喜びを嚙み締めました。〝絵〟じゃなくて〝呼吸〟が生きていると思います。写真を眺めるように「そう、このふたりとこの情景を書いたんです」と感慨に耽っていました。あとシイバとソラの可愛さったら！　壁ドンのラフを読者様にお見せできないのが残念です。

担当さん他、お世話になった校正さんデザイナーさん編集部の皆様等にもお礼申し上げます。

読者様が彼らとともに幸せになってくださいますように心から祈って。

朝丘《あさおか》　戻《もどる》

物語を読んでいると、2人とも本当に息をして生活してるんだ…と思いました。
今後も色々あるだろうけど幸せになってね!!という気持ちです。
朝丘先生ありがとうございます!!
そんな2人の物語のお手伝いができて嬉しかったです!!

yoco

# 三年後のソラ

スマホの着信音で目が覚めた。

『おはよう。俺だけど、いまから行っていい？』

「……コウジか、おはよ。——って、いまから？　朝だぞ」

『ケンジィさまが出勤前で忙しいか？　それともふたりして素っ裸だからまずいってか』

「どっちもだよ」

目の前で寝ていた賢司さんが寝ぼけ眼《まなこ》で身体を起こす。俯いて沈黙するその寝癖で乱れた髪、日差しに白く照る腕、引き結ばれた唇。

数秒後、こっちに身体を傾けて俺の唇に一瞬キスをくれてからベッドをでて行った。

『いまちゅって音がしたぞ』

コウジがいやらしく笑う。

「ちゅってしたからだよ」

照れると負けだと思って威張ったけど、まあそれも恥ずかしいことに変わりない。

ひひひ、とコウジの笑い声が大きくなる。

「嫌な奴だな。つかおまえが朝から行きたいのは俺らの家じゃなくてミチルのところだろ」

『俺らの家ってしれっと言いやがったわ。いいですね同棲してる方たちは』

「ミチルと喧嘩でもしたの」

『ねーよ。うちもちょーラブラブですー』

「じゃあなんだよ。またメシ集《たか》りにきたいのか」

『ビンゴ。バイト代つかい果たして死にそうだからメシ食わして』

「週四回もラブホ行ってりゃそうなるよな」

『将来有名になったら〝貧乏な下積み時代を支えてくれたのは親友の一吹君です！〟って言いまくるから』

「うぜえ」

「役者なら役者らしく泣きの演技で心動かしてみろ」『いぶきさまぁ』「うぜー」と笑い合っているうちに意識がしっかり覚醒《かくせい》してきた。

洗顔と歯磨きを終えて戻ってきた賢司さんが着替えを始める。

「じゃあ七時四十分以降にこいよ。夜はツトムと呑む約束してるからくる？」とコウジに告げて『ラッキー、行く行く』と返答を聞いてから通話を切ると、賢司さんのうしろ姿を眺めた。

最近ジムに通い始めた彼の体躯は適度に引き締まって魅力的だった。ボディビルダー並みの筋肉は目指していないけど身体が鈍《にぶ》ると仕事に影響するから、とのこと。

今日はスーツらしいが、その肉体が服に隠れるとモデルみたいな細身のうしろ姿になった。毎朝バスで見ていた頃と同じ背中。

窓越しに聞こえるスズメの声と、夏の朝の一際明るく暑い朝日。静かで、穏やかで平和だ。

「コウジ君がくるの？」

背をむけたまま問うてくる賢司さんの声は笑っている。

「メシ食わしてって。ミチルもコウジもなにかと物入りだからしかたなく」

「一吹はコウジ君のメッシーだね」

「？　なにそれ」

「……いや、いいや」

身を翻して賢司さんが俺のところへくる。ベッドでまだぐずぐず寝転がっていた俺の両手に指を絡めて目を見つめながらやんわり覆い被さってくると、またキスをしてくれた。

「こんな色っぽい格好でコウジ君を迎える気？」

彼の吐息が唇にかかる。くち元のほくろにも舌が。

「……ちゃんと、着替える」

自分の声が甘えてる。こんなだからいまだにコウジから〝乙女か〟ってからかわれるんだな。

でもこの人に触られるといつも初めてみたいにどきどきする。経た年月などまるで無意味で、時間も同棲生活も、どの事実さえも想いを落ち着かせてはくれない。

「賢司さんはスーツだね。素敵」

「今日は大事な会議があるんだよ。一吹、スーツなんて好きだったっけ」

「いつも私服姿だったから、たまに見せられると狡いって思うよ。たまに、っていうのがミソ」

「なるほどね。じゃあ今夜は一吹にネクタイ解いてもらおうかな」

賢司さんが嬉しそうに微笑んで、俺の親指を自分の親指でさすりつつキスを続ける。角度を変えて丹念に。胸に賢司さんのネクタイとシャツが密着しているから彼が動くと擦れる。唾液で湿った唇の音と呼吸も室内に響いて欲を煽る。

朝なのに、という自制心も頭の反対側にあるもののほとんど消えかかっていた。

朝食も、用意しないといけないのに。

「……そうだ。姉貴が週末に家においでって。昨日仕事中にメールがきて誘われたんだった」

「本当に？　ならまた恵子《けいこ》さんに手料理教わろう。レシピは同じはずなのに恵子さんみたいに美味しくならないんだよな……なんでだろう」

「一吹の愛が足りないのかも」

「違うね、愛しかないんだね」

「ああ、納得した。でも一吹の手料理美味しいよ。コウジ君が妬《や》けるな」

「あいつが食べるのは残飯だから」

額を重ねてじゃれて笑い合い、くち先で軽く触れるキスを繰り返す。

陽光に照る彼の右目だけ茶色く透けている。彼の右手がそっと俺の左腕を撫でてくれるから、俺もこたえて彼の左腕を慈しむように撫で返した――。

ダリア文庫をお買い上げいただきましてありがとうございます。
この本を読んでのご意見・ご感想・ファンレターをお待ちしております。

〈あて先〉
〒170-0013　東京都豊島区東池袋3-22-17　東池袋セントラルプレイス5F
(株)フロンティアワークス　ダリア編集部
感想係、または「朝丘 戻先生」「yoco先生」係

**❋初出一覧❋**



# 坂道のソラ


2013年 7月20日　第一刷発行
2018年10月20日　第三刷発行

著者　朝丘 戻



発行者　辻 政英

発行所　株式会社フロンティアワークス
〒170-0013　東京都豊島区東池袋3-22-17
東池袋セントラルプレイス5F
営業　TEL 03-5957-1030　編集　TEL 03-5957-1044

印刷所　図書印刷株式会社